—格致文库—
留给未来中国的好笔墨

梨花楼书事

杨栋 著

山西出版传媒集团
北岳文艺出版社

图书在版编目(CIP)数据

梨花楼书事 / 杨栋著. —太原：北岳文艺出版社，2017.3（格致文库）（2023.6重印）

ISBN 978-7-5378-5133-6

Ⅰ.①梨… Ⅱ.①杨… Ⅲ.①散文集—中国—当代 Ⅳ.①I267

中国版本图书馆CIP数据核字(2017)第023388号

书　　名	梨花楼书事
著　　者	杨　栋
责任编辑	谢　放
装帧设计	张永文
出版发行	山西出版传媒集团·北岳文艺出版社
地　　址	山西省太原市并州南路57号
邮　　编	030012
电　　话	0351-5628696（发行部）
	0351-5628688（总编室）
传　　真	0351-5628680
网　　址	http://www.bywy.com
E－mail	bywycbs@163.com
经 销 商	新华书店
印刷装订	山西万佳印业有限公司
开　　本	787×1092　1/32
字　　数	118千字
印　　张	5.75
版　　次	2017年2月第1版
印　　次	2023年6月山西第2次印刷
书　　号	ISBN 978-7-5378-5133-6
定　　价	38.00元

序

杨 栋

《中庸》上说,"好学近乎智",所以,爱书的人总是让我很敬仰的。几十年来,我也以一个读书人自居,但书海浩瀚,我只能在海岸上捡到几枚贝壳。

我喜欢读的书大约有几类,一是文学作品,古今中外优秀的小说、诗歌、散文、杂文、笔记等等;二是自然考察的书,如《昆虫记》《自然史》《本草纲目》《植物名实图考》之类,三是书话类书,周作人、孙犁、黄裳、阿英、郑振铎、唐弢等书话名家,我都购买了他们的全集。我自己也写点书话,但自知班门弄斧,是不入方家之法眼的。

这本小书是天津罗文华先生早就鼓励我编的,他在网上给我的纸条中说"你应当编一本'杨栋谈书'的集子了"。但我一直没有编,几十年前,印过一本《荫园书话》,不少文友喜欢,后来编过一本《梨花村读书记》,目录都预告了,但终于还是胎死腹中,未能面世。这主要还是人微言轻,名望不足,文章写得不好之故。但我不愿放下手中的笔,一直还在写着。巴金说:"作家的称号只能加重写作者的责任,它并不是装饰才能的花冠。"列夫·托尔斯泰也说:

"我是一个艺术家，我的一生都在寻找美。"我把读书的感悟记下来，一是鞭策自己不要偷懒，二是想把自己读过的一些好书与友人奇文共欣赏。一位友人最近要编一部书趣丛书，想让我加盟，这是好事，于是就有了这本小书。我之所以不称之为书话，是书话这词让人们用滥了，有的人写的书话，实在是一种白话，读了叫人倒胃口。虽然炒作得红艳千般，但我是不去买，也不去读的。

我的书话，是一种闲话，所以叫"话书"，闲话也就是聊天，说的人不累，听的人不烦，好处是轻松、随意。闲话有许多叫法，北京叫侃山，东北叫拉呱，上海叫吹牛，西北叫谝转，新疆叫宣荒，闽南叫化仙，四川叫摆龙门阵，电视上叫脱口秀，酒场上叫段子，我们那里则叫倒歇歇，意思是忙里偷闲，可以歇一歇了。古诗云：因过竹院逢僧话，偷得浮生半日闲。一个话字，叫人温馨，叫人意远，叫人舒畅。陆游诗："闲话更端茶灶熟。"和友人品着香茶，说着闲话，这闲话又是有关书的，是读书人的一种福气了。

这本书分为三辑，一是"爱书记痴"，写我对书的一份执着的爱；二是"淘书记缘"，写我与师友们的书人书事；三是"读书记悟"，是我平时读书的小记，像是我敬爱的老师孙犁先生的书衣文一体，也像是《微书话》、微阅读之类，自认是有感而发的，也是言之有物的文字。

文人事业便是书，看着那崔巍的书城，我心里高兴得像做了南面王。有了这本小书，我的买书钱也就算没有白花了。

是为序。

2014年9月12日于梨花楼

目录

第一辑　爱书记痴

- 003　爱书者的自画像
- 005　放牛娃与梨花楼
- 008　收藏书话三个梦
- 010　戊年书事
- 012　新年十愿
- 014　回归书斋
- 017　我的书桌
- 020　我的"书话观"
- 022　品味"毛边书"
- 024　孙犁与书

028　孙犁的书房

032　我的"孙犁文库"

034　我为孙犁画插图

第二辑　淘书记缘

039　黄裳送我《珠还记幸》

　　　——收藏黄裳先生《珠还记幸》修订精装本小记

043　喜欢上董桥先生的书

047　我是汪曾祺先生的"粉丝"

050　见到了作家铁凝

055　姜德明先生的书话

058　我与叶梦

063　郭淑敏的《一日佛门》

067　郭良蕙的收藏散记

069　苏晨先生的赠书

072　孙机先生的书

075　邵丽的诗集《细软》签名本

079　假日闲读毛边本

　　　——读罗维杨编《新文言》

082　才女周炼霞的《遗珠》

084　我收藏的《红楼梦》版本

086　柯灵先生和我的交往

091	张中行先生的书
095	谢泳送我新书《学人今昔》
101	香港买书记
103	扬州淘书记
106	泉城赠书记
109	张爱玲的语录
	——读《张爱玲私语录》
112	珍贵的《河曲民歌采访专集》
	——河曲的民歌
116	姜德明的《王府井小集》
118	淘书遭遇复印本
120	梅娘与赵树理
124	吴藕汀先生画读书图
128	来新夏先生写匾
130	钟叔河先生的彩信
132	钟叔河先生的书名
134	韦泱赠书

第三辑　读书记悟

139	梨花楼书衣文抄
174	跋

第一辑 爱书记痴

爱书者的自画像

大凡爱书人皆爱书如性命，恋书如佳人，喜书如美食，敬书如神圣，藏书如藏宝，读书如读经。想到余生平与书种种，特戏言之：

过日子可以节省，买书决不节省；自己可以住楼底，藏书必放置楼上；妻子可以分床睡，好书必共枕而眠；借钱三年五年不还可不去催，借书三天必催归还；取东西可以不记，取书必在备忘录上记之；损坏东西不心疼，污损图书必大怒；出差时商店可以不去，书店不论大小必找遍；自身衣服可迁就，新旧书必包以书衣；写文章可以潦草，书页题跋必工工整整；寄信可以含糊，寄书必三层四层包之；送人走时是送客，送书走时如嫁女；写条据不想加印，赠人书必加篆刻名章、梅红小印；自己可睡土炕木床，放书之架柜必新潮漂亮；报纸可作引火之物，书页残破时必敬惜字纸，修之补之；丢钱后一时遗憾，丢好书几十年难以忘怀；与佳人相对举止局促，与好书相对心旷神怡；与人相处一毛不拔，遇到好书一掷千金；学政治理论好打瞌睡，读到好书寝食皆忘；与人谈话必谈书，送人礼物必送书；卧室客厅可不干不净，书房画室必窗明几净；休闲时必乱翻书，出差时先选心爱之书做伴；此生最爱不关乎功利之书，此生最恨不爱护书籍之人；来客可延请客厅高坐，决不愿带进书屋密谈；客厅里可供茶供酒，书房中决不备烟灰缸；送情人礼物必送好书，选爱人条件首要爱书。以好书赠人者常祝其万事如意，以次书骗人者必咒其下十八层地狱；看好景常在山水间，记好梦常在图书府；金银财宝等同鸿毛，经典秘籍视若珠宝；工资乱放抽斗内，好书加锁高阁中；有人叫小气鬼时想生闲气，有人叫书呆子时喜上眉梢。喜欢一个作家，必要买全其各种版本之书，选集、文集、全集、年谱、评论、传记、手迹，继而被称为"某某迷"而罢。家不愿叫家，不愿叫住舍、宿舍、寓所、小宅，只愿叫作"××书屋"。

放牛娃与梨花楼

我小时是山西省沁源山区一个"放牛娃",从1973年写出第一首诗歌起,坚持业余创作四十多年,出版了六十多种文艺书籍。成了中国作协会员,成了一个业余作家。

我的成长经历是与书分不开的。小时常和村里人家借书,也受了不少委屈,一次为读一本《沫若文集》,心甘情愿帮一位老太太推了两三天磨。几天的劳累,感动了这位老人,终将这本书以两元钱卖给了我。至今,这本书还珍藏在我的藏书楼中。

我的山村在县东北的一个小山沟沟里,村名叫黎和村,"取黎民和睦相处之意",但古时的村名就叫"梨花村"——因山上有许多山梨树。村子里只有六十多家人家,一百多口人。我的小学是在村里一座古庙"石佛院"中上完的,从这寺庙的壁画中我学到了画画的技巧,从院里的石碑上学到了书法的韵味。高中毕业后"接受贫下中农再教育"时,因体力不济,队长照顾我去放羊、放牛。我当时还写了诗:"队长派我去放羊,雨也哗哗,水也哗哗,天大困难也敢当。谢了山花,开了心花。"放牛放羊,是"有罪没苦"的营生,我在山上伴着牛群读书,"对牛讲经",自编自演着打快板和顺口溜,也曾在深山里陶醉于《蜀道难》《茅屋为秋风所破歌》和泰戈尔的《献诗》。放牛放羊之外，也曾用稚嫩的肩膀挑过粪篓，打过猪草，但更多的是读书、写诗、画画、出黑板报，用今天的话说，就是"活跃村里的文化生活"，还因为在村里组织"梨花诗社"，编写《梨花诗刊》，被县文化馆宣传为"新生事物"。也由于我会画墙围画和寿材画，当时的公社书记力排众议，把我调到电影队当了放映员。为了补课，长大后我就下决心要好好补读一下人间未见之书。1993年，村里批给我一处地让建房，我修了一个二层小楼，我把二楼全做了书房，并请孙犁先生写了"梨花村"大匾，我称之为"梨花村藏书楼"。

"梨花村藏书楼"自创建以来，已收藏各类书刊一万余册，其中有孙犁、张中行、邓云乡、丁聪、贾平凹、舒婷、肖复兴等名家签名本、毛边本两百余册，有与名家往来信札和名家字画近千件。书分四室储藏，其中一室为电脑工作室；一为"梨花村漫画馆"，专收藏漫画作品；另两室均为珍本收藏室。藏书楼成了我没有围墙的大学，我读了许多书，因有了书的营养，写得也多了，每年在全国发表散文一百多篇、漫画一百多幅，在许多报刊上还开辟了专栏。我还获得了山西青年散文大赛一等奖、山西"读书状元"奖、山西"优秀总编"奖，并获得山西省十大藏书家、山西省优秀文联工作者、中国骄傲——全国优秀文艺工作者等光荣称号。

因仰慕孙犁先生的人品文品，1985年我第一次去天津拜访了这位文学名家。先生送了我几本签名本。之后十多年的交往，亲聆先生教诲多次，前后获赠《老荒集》《耕堂序跋》《耕堂读书记》等八种签名本。这对于一位在当时还毫无建树的业余作者来说，无疑是最高的奖赏和热情的鼓励。

随着阅读视野的开拓，我对中外名著有了广泛的兴趣，无论散文、小说、诗歌、评论，都在涉猎的范围之内。我一面不知疲倦地阅读，一面广泛与一些名家联系、学习和通信。前后与柯灵、黄裳、钟叔河、张中行、邓云乡、姜德明等名家建立了通信关系，从中获益匪浅，不但获得这些名人一批批的签名本，更重要的是，我由此得到走进读书之宫的金钥匙，看到了这座宫殿的宏伟和壮丽。因此，我更迷上了读书，迷上收藏名家的书。有一次收藏的《沈从文文集》不齐，我就大胆给沈先生去信求助，沈老当时正在病中，便让夫人张兆和回信，并委托花城出版社责任编辑帮忙，终得以将这套文集配齐了。

在山西省"走向未来"读书大赛中，我荣幸地被评为"读书状元"，我深感"书籍永远是人类的朋友，永远是人类文明的动力"。

我写的作品大多来自我的乡土、我的梨花村，我写的系列散文"山地女儿"得了不少奖，散发着泥土芳香的"山地女儿"的故事，让读者们记住了我；而我的书话、读书记、藏书记、读书漫画、读书日记，也是"梨花楼"给我的回报，借此我在读者中找到了不少知音。

可以说，是读书改变了我的命运，我的梨花楼，已成了我的精神栖息地，我的小小天一阁。我这个太岳山的码字工、梨花村里的农家子、大森林里的"小放牛"也终于成了一个本土的小小藏书家了……

原载《中华读书报》2014年6月25日

收藏书话三个梦

书话爱好者有三个梦，就是收藏三个书话大家的书。一个是西谛，他是新中国的第一大藏书家，他收的书以古籍为多，他的《西谛书话》《西谛题跋》都是读书人喜欢的书，还有一部《西谛书目》初版只印了五百本，普通读者是无缘见到的，好在最近北图出了新版，"贵族书"也能"飞入寻常百姓家"了。更叫人钦佩的是他爱书的那分痴、那分深情，一个人爱书爱到他那个份儿上，就是"饥读以当肉，寒读以当裘"了吧？另一个是黄裳先生，他的书话写得半文半白，有一种古典的味道。他的初版书现在都成了"书话宝贝"了，一本书就卖几百元。他有一大批"黄迷"，他好像清代他的那位本家黄丕烈——玉轴牙签、宋版元版，宁与古人为友，不喜时文风格。他是有品位的爱书家，是有格调的爱书家，也是有成就的爱书家。第三位是姜德明先生，他是新文学领域的专家，收的书以新文学类作品为主，写的书话也是以为新文学类作品写为主。他占有了那么多的资料，他的早期文字虽多以歌颂为主——这囿于他在媒体工作，只能那样去写；其实，他的书话作品是短文之精粹，书香之汇聚，有独特风格，有独立见解，是难得的新文学的书话作品。时下学步者虽多，但都只能得其皮毛，而不能登堂入室——文字的韵味，是有差距的，书话的情调，也愈见粗糙了。所以，书话爱好和收藏者，对这三家的书是愈来愈珍重了。真正的爱书人，书架上必有这三家之书，而一些附庸风雅者的书话，实在是只能读一遍的书，是上不了藏书家书架的书。这个时代，不知还能不能产生似三位书话大家这样的人物？收藏全这三家的书话，是每一个书话爱好者的梦。

戌年书事

2006年是我的"本命年",年终盘点,有苦有乐,岁首扪心,知荣知辱,特记戌年乐事,以备忘。

一、年内出版新作《柴陌集》一部,中山文学院又为余编印《杨栋研究专集》一部,敝帚自珍,良可自慰,书情友情,一不可忘。

二、黄裳先生自费精印《珠还记幸》精装本百部,签名赠人,彩墨烂然,镇斋之宝也,我也得他分惠一部,二不可忘。

三、年内为全县文艺工作者组织召开了"文代会",奖"乡土作家""乡土艺术家"十名,优秀文艺工作者三十五名,也是为本乡土办文艺之盛事,三不可忘。

四、购大众版新出《赵树理全集》一部,并有赵老师次子赵二湖在纪念赵树理百年诞辰会上相赠北岳版《赵树理集》一部,又邮购得人文版《赵树理文集》精装本一部,三部新书,荟萃一堂,书缘人缘,四不可忘。

五、四弟多年难以成家,幸得佳偶,父母虽已谢世,我却责无旁贷,为之操办喜事,兄弟怡怡,弟媳贤良,五不可忘。

六、求领导为妻子解决工作,觉人间尚有正义,六不可忘。

七、一年工作辛勤,得"省级先进表彰",七不可忘。

八、写一条幅参加《中华龙典》书画征集,竟被评为"银奖",并来信要入编,并收买书费两百元,心知此亦时下文人"敛财法",遂寄款购书,领得奖状一张留念,八不可忘。

九、人文版线装《金瓶梅》售价四千余元,余从网上购得私印线装本《金瓶梅》一部,九不可忘。

十、平时喜欢知堂和董桥文字,从网上花八百余元购得台版《周作人全集》一部,又花八百元购得港版《董桥文字集》一部。散尽千金为收书,得与两位名士书斋为伴,读其锦绣之文,是为十不可忘也。

此外可记之好书缘还有花两百元购得港版黄裳先生《河里子集》,六百元购得港版胡永凯先生《金瓶梅画集》,打折价购得《吴宓日记》、《吴宓日记读编》、《托尔斯泰文集》、《陆文夫文集》、《斯特林堡文集》、《草木典》、《禽虫典》(人文版精装本)、《石头记》等等。小城无故事,寒斋有好书;笔耕不知倦,读书乐何如?记一岁之书事,是为本命年之备忘也。

新年十愿

旧历已尽,新岁在望,辞旧迎新,弥漫书香。琐事缠人,笔砚久荒,芸编满室,仿佛书仓。旧诗有味,秀句无华,青山乱叠,陋室书廊。吾今五十,读兴益长,远离尘嚣,悦读书房。权叙十大书愿与书友们共享

一愿河北教育出版社的《陀思妥耶夫斯基全集》能尽早出版。一部在手,可以珍藏;物美价廉,莫要豪华。

二愿《蒙古王府本〈石头记〉》再度问世。不求精美,但求平装,贫寒书生,皆能共享。

三愿能淘到姜德明先生的旧书《雨声集》《燕京杂记》《书廊小品》《寻找樱花》。姜氏书话,娓娓情长;搜书淘书,兴味难忘。

四愿能多多出版外国名著。欧风美雨,润我诗肠,西书拾锦,锦绣文章。

五愿有人引进翻译出版俄国作家谢尔古年科夫的作品,西班牙作家阿索林的作品及布封的《自然史》全集。好书在手,鸟语花香,讴歌自然,无限风光。

六愿《书人》《开卷》《崇文》《芳草地》等民间读书报刊越办越多。百家争鸣,百花齐放,芳草萋萋,营造书香。

七愿《藏书报》《藏书家》《中华读书报》《文汇读书周报》等读书类报刊越办越好,多发精品,打造品牌,散播新知,不负众望。

八愿我的梨花村藏书楼能"广开书路",丰富典藏,百家文库,共萃一堂。旧籍荟萃,新书琳琅,瑞气缭绕,"南面称王"。

九愿我编辑的《青松》《捡穗集》《太岳龙凤书画》《沁河文丛》《沁源文化志》等书能及时问世,圆我书梦,走进万家。

十愿我们的社会:书品能上去,书价能下来,好书多多印,糟粕莫出现。社会尊知识,领导爱人才;人民讲理想,当官不贪财。少修办公楼,多筑读书台。

回归书斋

从岗位退下后，感觉轻松了许多。以往每天八时上班，总不敢迟到，总是身先士卒，办公室总是第一个到，最后一个离开，总有办不完的事，在文联十年，单地方文学作品，我组织编印出版了近一百种，自己的作品出版有四十多种，真有些写得累了。县图书馆主办书展时我写了一个条幅："有书真富贵，无官一身轻。"其实我的一生并没当过什么官，只是一个文艺工作者，所以绝不会有失落感的。

一个同事任过局长，他退下来很有失落感，又跑到省城给一个大老板打工去了。他说："租房一个月得一千多元，吃饭还得和民工一起排队吃大碗面，出外打的也得自己开支，就是挣上五千，也多余不了几个钱。"我劝他说："还是回老家休息着吧。"他却说，"回家连个说话的人也没有，更孤独。像你又能写又能画又能歌善舞，有做不完的事，我回家就只能看电视"。想想也是，我们的一些干部，在位时摆官架子，不和人搭话，退下来人家也不搭理你了，当然会感到孤独。

我没当过官，就一直以一个业余作者自居，退下来反而感到轻松。前不久，我在平遥古城买了一张仿古画桌，又在乡下买回两个仿古太师椅,摆在书房里;又在书房正面墙上挂了一幅中堂画,是天津老画家穆宜林先生画的《龙凤呈祥图》,两边挂了桂林市一书法家写的对联"铁肩担道义,妙手著文章"——这是我一生追求的一种境界,虽不能至,心向往之。我又在书架上放了想读的书,有姜德明、马未都、黄宾虹、周作人、加缪等人的,饭后泡一壶武夷山的新茶,读上几段,真是一种享受。

早上,我坐在画桌前临一阵名帖,写几个条幅。行书我喜欢王家父子的字,也喜欢郭沫若的字——董桥说郭沫若的书法像南书房的行走,有富贵气;也喜欢翁相国的字,他当过皇帝的老师,字很厚重,一本《翁同龢遗墨》,看得花团锦簇,飞红点翠,书房里有了融融的春意。隶书我喜欢伊秉绶的字、黄苗子的字,喜欢他们的横平竖直、内刚外柔,那种稚气的艺术趣味。我也喜欢张迁碑的厚重、拙朴。我家楼房的对面是一个大公园,公园里杂花生树、杨柳成荫、小河流水、空气清新,我每天早上写字时,公园里总有近百个妇女在跳集体舞,和着悠扬的乐曲、奔放的舞蹈,我的字也有了韵律,有了风味。我写的一幅隶书,竟入选了全国作家书画展,在南京、北京两地展出,并获了奖。有不少外地的朋友来信向我求字,还有汇款求购要收藏的。有时也画几笔国画,我喜欢黄宾虹、吴藕汀的写意画,那是一种文人画,寄托着一种人生的美好。

在职时忙忙碌碌、东奔西走;退下后心旷神怡,无俗事相扰,正好补读未读之书。加缪的书有大名,我却一本没读过。曾见报刊上介绍说有人专门收藏加缪的书,单《加缪全集》买了三种版本，正巧我新买了上海译文出的《加缪全集》——坐在明窗前补读，很是受用，他的《局外人》写得真是好，读了再读，回味无穷。冯梦龙的《山曲》、姜德明的书话、周作人的随笔以及我国台湾出版的历代女词人选集《众香词》和《古春风楼琐记》《普希金全集》也都是很好看的书。

我也喜欢上网，自己在网上办着"梨花楼"的四个博客，像是种了一片园地，逼着自己总写点东西。在凤凰网上看看新闻，在孔夫子网上买点旧书，在布衣网上会会书友，在强坛网上听听评说，在淘宝网上寻寻古玩，就"秀才不出门，便知天下事"了。

有时，也有文友来访，谈谈家事国事天下事，文事画事艺术事。闲时做做根雕，捡捡奇石，收收古董，打打桥牌，每天都觉得很充实。

天生自己就是个文人，那就做些文化人的分内事。文人的天地就是书斋，回归书斋，就是回到了心灵的故乡、自己的家园，那感觉，就像进了洞天福地，进了花圃园林。世俗的人是不会理解的，这也是江湖的人永远享受不到的一种清福罢。

我的书桌

文化人是离不开一张书桌的,书桌是文化人的机床,多少年来我也总想有一张书桌。每看到一些大画家画室里的大画案,美轮美奂、古色古香,就会心生愿想:什么时候,也能有一张像样的书桌?

今年乔迁新居,到家具店看家具,许多写字台都是密度板做的,虽大模大样,但如同高仿的古董,总有一种赝品的感觉。恰好有机会到平遥古城,平遥安固村生产仿古家具,我和朋友去参观,果然见到有一种核桃木画案,长两米,宽一米,桌围上雕了八条龙,很是雅观。问价,老板说:"两千八。"心里咯噔一下,这个数字是我一月的工资了。朋友在他那儿常订货,就帮腔说:"这是位作家朋友,你让让价吧。"老板说:"作家更有钱,写篇稿子老板就给好几万,还讨价还价。"我说:"那是大款吹鼓手,高官刀笔吏,写纯文学的作家是发不了财的。你没听自古就叫穷文人么?"老板笑着说:"穷文人,穷酸文人,不仅穷还酸,那就一千八吧。"朋友说:"一千六吧,图个六六大顺。"老板说:"成交。"于是我的梨花楼终于有了一张古雅的书桌。

好马配好鞍,好桌配好椅,我想为桌子配两把太师椅。明代的太师椅线条简洁，骨格清奇，恰好和这桌子成一种风格，但去了许多店，寻不见一丝踪迹。一日下乡偶然进到一农户，竟见有一对散了架的太师椅。想和农人买，农人说这是太原他哥的，要是他的早扔粪场子了，白送人也行。于是他给他哥打手机协商，农人说："那两把破椅子有人买，你卖不？"他哥说："哪能卖几个钱？"农人说："人家出五十元。"他哥说："八十元卖了吧。"于是，八十元买回一堆旧椅架，让装潢工修理油漆一下，竟完好如初。虽然是乡下人做的仿古之椅，但形制宛如明代家具，摆在桌子两边，有一种古朴的气息。

在宽大的书桌上，我又摆了一座灵璧石假山，那假山宛如一玉麒麟。自古有"麒麟送子"的说法，它卧在桌上，书房就有了吉祥的气象。

瑞兽的边上是一块端砚，这是广东龙乡未见过面的欧阳先生送的，他曾出过《中华砚典》一书。这方砚来自万里之外的德庆府，每使用，便会心情怡悦，笔墨流畅，墨生五彩，笔下生花。写字作画，下笔有神，临帖练笔，纸生云霞。

砚台边上，是一个鸡翅木笔架，架上的笔又是江西"农耕笔庄"邹农耕兄寄赠我的。他热爱毛笔文化，建起了"中国毛笔博物馆"，还自己办有一份宣传毛笔的杂志《文笔》，我在上面发表过文章《挥毫如意》。

笔架下有南京陈儒家兄送的水晶镇尺。那年我的书得了"扬州国际笔会图书奖"，儒家兄送了这条镇尺，镇尺上刻了一句"烟花三月下扬州"。还有一块练字用的隋代方砚，几方名家刻的青田石印，一个木鱼石制的精致笔筒，书桌上放满了文房之宝。再旁边又是一个大画筒，宛如一位古典美人，画筒上是蝶恋花图案。它购于我住的山城的野摊上。一景德镇瓷贩来山城摆摊，我是其常客，有时小贩有事，我还帮他照看摊位。久想买这个画筒，但他要价四百元，我觉得太贵，一直没出手。今年他临走的一个下午，我又帮他下架装车，又为他写广告"最后一天，让利甩卖""景德奇珍，千载难逢"。我再和他提出想两百元买下这个画筒子。小贩笑着对他妻子说："老朋友了，就这价给他吧。"我于是用两百元抱回了这个可爱的画筒。回家后放在了书桌上，仔细一看，筒后边有一首小诗：

> 渔舟逐水爱山春，两岸桃花夹古津，
> 坐看红树不知远，行尽青溪忽值人，
> 峡里谁知有人事，世中遥望空山云，
> 春来遍地桃花水，不辨仙源何处寻。

这是一首咏"桃花源"的诗。在纷纷扰扰的当世，嘈嘈杂杂的闹市，我忽然感悟，我的书桌就是上天赐给我的一处"桃花源"了。在这里我可以笔耕墨舞，忘却红尘，吟诗作对，谢绝世事；在这里我可以亲近艺术女神，远离锱铢俗吏；在这里可以躲进小楼成一统，管它冬夏与春秋。一张朴素的书桌，竟带给了我一个神奇的世界，带给了我一个高华的境界了……

我的"书话观"

"书话"属散文随笔一体,其名称虽是因唐弢先生《书话》才提出来,但其文却是古已有之。旧史之"艺文志",明清藏书家之题跋、藏书记,其中就有极好的"书话"。

书话的定义如唐弢所言:"需要包括一点事实,一点掌故,一点观点,一点抒情的气息。"我以为书话就是书话,它不是书评,高头讲章,深奥理论,叫人望而生畏;它不是序跋,架子十足,一味虚拂,叫人敬而远之;它不是概述,落语平实,内容干巴,叫人如读公文;它不是史料,寻章摘句,引经据典,叫人颇费脑筋。书话所涉内容,不外乎一是关于书的书人书事,二是关于书的闲谈闲话;而这"话"中又蕴含一种深情,对书的情,对文的情,对世故的情,这样才能耐人寻味,话中有话。

时下许多书标榜为"书话",其实离书话之风格甚远。当代书话有味者不外郑振铎、阿英、黄裳、姜德明、梁永数人,因他们对书有深情,故其写文章情趣并重,叙掌故如数家珍,其余学步者,都只得其皮毛,而为附庸风雅之作也。姜先生为北京出版社编过一套书话文丛,但私下以为也是为市场运作,拉来搭车出版的。故这套书我只选购了黄裳、郑振铎、孙犁、姜德明、胡从经的几本，也是为收喜欢的作者的不同版本而收之耳。

  时下书话热销，许多人将其谈书之稿、评书之文、新书之序和读书札记一股脑归入书话，此实出于对书话误解。真正的书话，是爱书客发自内心的真情吐露，是藏书家寻书坎坷的沧桑之语，是读书人心领神会的真知灼见，是写作者铭心刻骨的肺腑之言。其标志虽是"四个一点"，但内蕴却是感慨万千，并不是涉及一书就下笔千言，读过一书就海阔天空，写一本书就洋洋自得，买一本书就啧啧不休。这样的书话，真是不看也罢。短而精，雅而文，有情趣，有思想，有美感，有观点，这样的读书随笔，才是我心里真正认可的"书话"。

品味"毛边书"

翻检书斋，我前后收藏有几百本毛边书。毛边书是爱书人喜欢的一个品种，它虽不整齐，却有自然之美；虽不精致，却具粗犷之风；虽不入时人之眼，却能深获雅士之心；虽不登大雅之堂，却能珍存于藏家之箧。

我收藏的最早的毛边本，是20世纪40年代解放区的印刷品。战争年代，物资紧缺，敌人封锁，条件落后，人们就用自制麻纸来印书。那种纸厚而柔韧，经久耐用，因印刷于枪林弹雨之中，装订于山沟野岭之地，书是很粗糙的，也顾不上裁边，书本如同民间之账簿，也有了文物之价值。

近年来，毛边本在读书人中流行起来，不少作家出书，也都会留点毛边本送朋友，仿佛书斋珍玩、文房秘宝，捧读把玩，心旷神怡。在爱书人来说，光边本是妻子，日夕厮伴，熟读无余；毛边本则是情人，山遥水远，只能寄相思一片。光边本是欧柳的楷体，端庄正规，人人皆识；毛边本则是书圣的行草，蜿蜒奇崛，只有行家才能欣赏。光边本是杨柳青年画，走进千家万户，平添喜气；毛边本是黄宾虹的山水，文气馥馥，乃传世之宝。光边本是青楼上的女子，谁都可以亲热；毛边本是深闺中的闺秀，没有缘分便追求不到。光边本是五谷杂粮，常吃常有味，堪为家常饭；毛边本则是山珍海味，不能当饭吃，一般人也吃不起。光边本是桌椅板凳，任人骑坐；毛边本是红木古董，只能展示。所以，我买书时，如果有毛边本，必然买两本——光边本供阅读，毛边本供收藏，光边本供插架，毛边本供赏玩。我自己出的书，也特意要留几十本毛边本，供书友之间交流和赏玩。有人说过去是"读书"，接着人们开始"读图"，现在则进化到了"读屏"，毛边本有些落伍了。但我觉得"毛边本"还是有市场的，只要有书的市场，就会有"毛边党"，只要有毛边党，就会有毛边本。人们收毛边书，已经不是为了读书，而是为了"读本"，毛边本那种特有的装帧，原始的样式，会让人发思古之幽情，生风雅之联想。收藏毛边书，已经成为一种书生之雅事了。

老百姓说"萝卜青菜，各有所爱"，所以，我读光边书，但也还是非常喜欢毛边本。那是书的原生态、书的童年，赏读毛边本，仿佛叫人回到20世纪三四十年代，和那些早年知名的文化名流为友了。仿佛也跻身于鲁迅、知堂、郑振铎们的书斋里了，书屋里仿佛也有了一种特殊的书卷气息。

孙犁与书

在当代作家中，孙犁先生爱书是无可比拟的，他是把书当作性命一样去爱的，他说："妻子对我爱书的嘲笑，有几个字：'轻拿轻放，拿拿放放。'"又说，"中国旧医书上说有一种疾病，叫作'书痴'，我的行为，庶几近之。"

我最早见到他，是1985年，他住在多伦道的大杂院里。我想象他的书斋必定是书橱壁立，窗明几净，玉轴牙签，金碧辉煌；但到他住处一看，却没有书的影子，有几个装书的专柜，全是红木板门，上面刻着"宋史""新唐书"等字样，这是从前的老式书柜。我本想浏览一下他的藏书，但他的书全藏于板柜之中，"养在深闺人未识"了。谈到书，他说："你读了不少书吧？我看到你一篇考证金文的文章，你对古文字也有兴趣呀。"他说的是我考证一副圣寿寺对联的短文，我曾寄给过他登有此文的《沁源文物资料》，没想到他还认真看了这本地方文献。他曾写过一篇《我的读书生活》，他在文中说："课外读书，从小学就开始了，在村中上初小，我读了《封神演义》和《红楼梦》。"他的大量买书和读书，是进城之后，至"文革"时，已有十多柜藏书了。

进入晚年，书更成了他的寄托。他读书后就在书皮上写出感受，后来聚沙成塔，开创了"书衣文录"一体。他在《潜研堂文集》"书衣"上就写道："能安身心，其唯书乎？"他的爱书，其实不仅仅是爱书，有的文章很精美，有的报刊有品位，他都不忍丢弃，都要珍存起来，我就收到过他寄给我的《文艺》双月刊。他的作品发表了，他也将剪报剪得整整齐齐寄我，我收到的有《人民日报》《羊城晚报》《新民晚报》《光明日报》，我读过后也粘贴于一大账簿上，封面上题篇曰：《孙犁文集》。我还寄给先生两巨册作为纪念。因为他读的书多，所以他的文章才美如珠玉，以至洛阳纸贵。上海一个读者读他的《芸斋短简》也"几近痴迷"："展读《芸斋短篇》中对小说、散文的作法，有的虽仅片言只语，但从容委婉，且是道中人知晓凉热之语，另具法眼，故读来心情愉悦，入眼入心。"《芸斋短简》也收入我的好多封信，几乎都谈到书，他劝我："你收入有限，买书也要有个先后，不要贪多求全。""你可以多读一些古代大家的文集，不要只读小品，另外看一些历史书，请您参考。"1991年9月，他托人捎给我一本他的《耕堂读书记》，其中多篇文章就是写他读史书，如《三国志》《魏书》《北齐书》《旧唐书》《清代文献》等的感受的。有人说他晚年沉湎于古书，固守于书斋，有些"隐士"的味道；但读他晚年作品，可以看出他和现代生活还是息息相关的。如他读《清代文献》后就写道："尝思书籍三危，还不在历史上的焚书禁书……最危险的是像林彪'四人帮'，以革命为旗号，利用军事政治威力，迫使群众以无知为荣。"继而论证，"雍、乾两朝大兴文字之狱，快一时之意,其实已使国家元气大伤,统治能力也迅速走向下坡路,几代以后,即不能存其国家。"这些灼见,正是他读史而鉴今的忧患之心、真灼之论。他自始至终保持着农家百姓"敬惜字纸"的传统,他说:"书籍虽非尽神圣,然阅后总应放置于高洁之处,不能因无台柜,即随意扔在床下,使之与鞋袜为伍也。总因不知读书之难。"

他很向往的境界是"野味读书","寒酸时买的书,都记得住,阔气时买的书,都读得不认真。读书必须在寒窗前,坐冷板凳"。正因他出身农家子弟,当过游击战士,才知读书是福,也才真正珍惜这种福分的来之不易。他曾作书箴曰:"淡泊晚年,无竞无争,抱残守阙,以安以宁。唯对于书,不能忘情。我之于书,爱护备至,污者净之,折者平之,阅前沐手,阅后安置,温公惜书,不过如斯。"他自信自己爱书已能和那位司马光比美了。1994年,我又去天津看他,他已搬到学湖里住单元楼了,我发现他把书柜里的书,全都打成了小包,用带子扎好。我心里一酸,想:老人家已是不准备看这些书了,他是要和一生珍爱的书告别了。有一个读者曾写文说,"孙犁包书成癖",他在文末发问:"世上还有这样爱书的老人么?"年底,孙先生在给我的信中说:"9月份以来,没有写什么,每日整理旧书,给没有书套的制作一个简易的书套,然后在上面题些字以为消遣。"

可见,他对书的感情,是多么深厚了。他曾为他老伴写过一首悼诗:

一路黄泉两渺茫，魂魄当系旧家乡，
三沽烟水笼残梦，廿年嚣尘压素裳，
秀质当同兰菊茂，慧心常映日月光。
老屋榆柳今尚在，摇曳秋风遗念长。

2002年，我到过他的老家孙辽城村，旧废墟上确实榆柳成林，亭亭如盖。他曾在文中讲过："年轻时在家里读书，书放在妻子陪嫁的红柜里。""我的老伴知道书是我的性命。"他充满激情地说，"我应该感谢书籍，它对我有很大的救助力量。"他读书买书，都是遵循鲁迅先的书账去选购的，他的藏书也是有着"先进文化"的渊源的。可以说，除了老伴相濡以沫，书也是他一位终生不渝的情人了。他也曾撰文对书感慨："一往情深，矢志不移，白头偕老，可谓此矣。我对它珍惜一点，溺爱一点，也是情理之常，不足为怪了。"

我终于明白了他把书藏于板柜内的心情，这是一个真爱书人的做法，心爱之物，秘不示人，体贴入微，一尘不染。假如是一知半解之人，附庸风雅之徒，早就将豪华的精装书摆在红木家具之内，置于最显眼的地方，向所有的人去炫耀了。孙犁与书，是贫贱之交，也是一种生死之交了。

孙犁的书房

孙犁先生生前，我访问过两次他的书房，他的书房名为"耕堂"，其实是很简朴的。许多大名家的书房，都曾以"堂"作书斋名号，王国维的"观堂"、周作人的"知堂"、郭沫若的"鼎堂"、丰子恺的"缘缘堂"、冯友兰的"三松堂"。孙犁先生称自己的书房为"耕堂"，我想这也是一种不忘根本之意，犁是农具，耕是农活，先生出身农家，"臣本布衣"，笔耕，也是在砚田里耕作，这个书房的名字，体现了先生的志趣和追求。

1985年我第一次去拜访他，他还住在多伦道的大院里。他的家里布置得很简朴，靠墙放着一对简易沙发，中间小茶几也是木制的。沙发竟和我们山里人自己制的一样，也是四个木棒做了木腿子，坐垫和扶手上面覆盖了毛巾，实在是有些太简陋了。窗前有一张写字桌，一把小藤椅，那就是他笔耕的地方了。房子中间放着一张四方的小木桌子，供吃饭使用。我仔细寻找着他的书，却一本也没能看到。另一面墙下放着一个木门书柜，门上雕着嵌了浅绿色的书名，那应是收的他在书中说到的《二十四史》了。房子中间又用几个低低的矮柜隔开，我想那几个低低的矮柜就是他的书柜了，里面就是他心爱的藏书了；但书柜的门上面全糊了白纸。他曾在文章中说过，别人有了好书，是摆在柜子上当装饰；他则相反，有了好书，是赶快放在柜子里藏起来，这真正体现了先生的爱书之情。书房墙上，挂着一幅中堂画，两边是一副篆书对联："海纳百川有容乃大，壁立千仞无欲则刚。"这恰是先生精神的写照。

他的书柜上，还放着一个小收音机，可见他是很关心社会和新闻的。墙上还挂着几幅小孩子的照片，估计是先生的孙子或者外孙，照片上孩子们笑得很可爱。我在他的书房坐了很久，并让报社的晓明给我们合了影。坐在这样的书房里，我一点不感到拘束，我们谈了书，谈了创作，也谈了不少家常话。先生还坐在书桌前工工整整地在送给我的一本精装本《孙犁文论集》上签名留念。作家冯骥才回忆拜访孙犁时的情景也说："我至今记得他在多伦道那两间老式平房，一排书柜从中隔开，外边待客，里面起居，房子几乎没有什么装饰。方桌上一个圆圆的水仙盆，用清水养着十来枚各色的雨花石。那清澈而沉静的水与石上不变的花纹，便是他个性的象征。"书房的小柜子上面放满了他新写的书法作品，一卷又一卷插满了画筒。桌子上也放了墨迹未干的几张书法，他在晚年对书法是很喜爱的。告别先生后又过了几年，他来信说搬了家，搬到单元楼住了。先生还给我寄来一张在新居拍摄的彩色照片，从照片可见他用的仍是那张小书桌，那把小藤椅，桌子上放着小笔架、小台历、一只普通的小青花瓷茶杯——上面的图案是一丛小小的兰花，像在散发着幽香；但窗外是楼的世界，一栋连一栋的高楼。

1994年11月,我有机会再访耕堂,他的新居在天津鞍山西道学湖里。去时老人正在鼓捣旧书。他的书房比以前大了一些,书柜也有了玻璃,一捆捆线装书整齐地放在书柜里。书柜上斜立着一块木匾,上面雕刻着一个"耕"字。先生告诉我说那是过生日时朋友们送的。我环视书屋,见写字台、小藤椅仍是旧的,地面也是水泥的,只是打扫得很干净,连一片纸屑也看不到。百花文艺出版社编辑高艳华也曾写过学湖里的"耕堂",和我的记忆是一致的,她说:"那时一般比较讲究的家庭都应该是红色油漆的地面,可孙老家则仍为洋灰地。家中摆了四个小书柜,书柜的玻璃面都是用绿色的布从上到下遮掩着,仅能从边角上看到排列整齐的线装书,还有一张旧写字台和一对旧箱子。孙犁的书房就是这样的整洁。我此时想,如果把这些搬到农屋,就是一部反映根据地生活的老电影了。孙犁当时给我的印象,就是一个退休的干部,一个老房东,一个朴素得再不能朴素的老先生。"

书房不在大小,不在豪华,先生就是在这样朴素的书房里写出了那些充满了诗意的作品。他在晚年,又用过几种书房名号,有"芸斋""幻华室""善闇室""风烛庵"。但在读者中最响亮的还是"耕堂",或只因他在书房中耕作了一生。他曾感叹:"现在人们多爱凑热闹,真正能够坐下来做学问的人很少了……我宁可闭门谢客,面壁南窗,展吐余丝,织补过往。"他一生做人为文,走的就是淡泊、寂寞之道。书房就是他的阵地、他的田园。作家莫言评价道:"他那种寂寞冷清的状态是他自己造成的,也是他所期盼的,他是现代社会中的一位'大隐'。"

孙犁的书房，不管再简陋，再窄小，但却是天津这个大都市里最美丽的风景，也是许多爱书人和读书人心中最向往的圣地……

我的"孙犁文库"

一个人喜欢上一个作家，是一种缘分。我从20世纪80年代喜欢上孙犁，之后便开始注意收藏他的著作，日积月累，收藏了整整一大柜。我把这柜书放于我的卧室之内，名之为"孙犁文库"。

据说，中国现代文学馆为已去世的知名作家都要设立专门的文库，如"巴金文库""老舍文库"等等；而像乡土作家刘绍棠，是老家的县档案馆为他搞了个"刘绍棠文库"。孙犁先生生前也想把他的书捐给文学馆，以他的名望也该在馆里有一个"孙犁文库"，但一直没有实施，现在他的藏书还在天津。

我做"孙犁文库"则主要是为了一种情感的寄托、人生的纪念，先生生前签名送过我十多本他的书，我和他是一种忘年之交、师生之交、君子之交。他的百花版文集八卷出版时，我买了一部签章本，是老人家直接与出版社联系替我买到的。之后，我又买到了他五卷的精装本、平装本。再后来，又买到人文版的《孙犁全集》。天津日报社编过他的一部文集，知道消息后，我托了所有天津的熟人，想购藏一部。这部书的审校者刘运峰兄来信说"尚未出版"。我想要这部文集，是因孙老一直在这个报社工作，文集收入的是他在《天津日报》发表的所有作品，并配印了当年的报影、题图、插图、尾花等。我把这个消息写信告知北京的"孙迷"孙桂升，他也托我寻买一部。等了好些年，每天上网，都在"百度"中搜索"天津日报版孙犁文集"，输入的次数多了，电脑上也形成了自动记忆，一打"天"字，就跳出来这个搜索。一日搜索，竟见当当网已在销售，大喜之余，一订二部，一部自存，一部寄给了北京的桂升先生。

后来在网上，买到了先生不少早期版本，还有他的外文版，他的各种选编、精编，有的一本要好几百元。有不少书是编者赠送的。山东画报出版社汪稼明先生送了我《书衣文录》，天津刘宗武先生送了我《幸存的信件》，北京段华兄送了我早期版本《文艺学习》。收藏的东西多了，资料就有了用处，一次河南出《芸斋小说》，书名想用先生手写体，还是宗武先生让我在孙犁给我的信中选辑出这几个字，无法邮寄，就贴在"布衣书局"网上，请谭宗远先生转给了他们。我买孙犁的书，成了一种享受、一种嗜好、一种偏执，他的《陋巷集》，我一买几十本，分送给亲朋好友。一次，我县搞征文评奖，我买了不少《孙犁选集》作为奖品，获奖作者们高兴得像得了宝贝。

我在网上发现，先生的《无为集》出过港版，《荷花淀》出过英文版，这些书已很难寻觅了，但我还在寻觅。

"孙犁文库"，也该是我藏书楼中的一座文学宝库。

我为孙犁画插图

有十几年没执画笔了,但"画的梦"常常在心里酝酿着。小时喜在石板上涂鸦,之后当放映员十年,画了十年幻灯片,在报社又画了十多年漫画,虽不废丹青,但自己知道,在美术上不是"科班出身",只能算个"票友"。在我自己,更多的是为了业余拾趣,为了抒发胸臆,从没想到要作什么"画家"的。

今年春风文艺出版社要出版《孙犁散文经典》,编辑想让我画一些插图,我虽自知画技不精,笔墨不工,但还是硬着头皮承担了下来。因为,孙犁先生是我从小崇拜的作家,孙犁作品是我研读半生的经典,自问还是读懂了先生的心境的。再者,我十多年没拿画笔,今离职无事,就想重拾旧墨,作画消闲,也正好练练笔墨。

我学漫画,喜欢传统的路子,家里买了不少陈师曾、丰子恺、华君武、毕克官、丁聪、方成等大家的画集,闲暇时照猫画虎,临山摹水,也画了有几千张,不少报刊还给我连载,也出过三四本漫画集,有的朋友甚至调侃我:"小说不如诗词,诗词不如散文,散文不如书法,书法不如漫画。"但我有自知之明,我的创作是业余创作,十年荒于"文革",十年忙于生计,真正用在文艺上的工夫，也就是近十多年的时间。要想有大的成就，实在是缘木求鱼了。因此，我为了学漫画，还购买了不少竹久梦二的画集，因为，丰子恺先生的画是受他影响的。今年，我还专门参观了一次丰子恺纪念馆，想沾一些丰先生的灵气，以滋润我荒疏的画笔。近些年，我的漫画同行出了不少名家，如南京的邵科、刘二刚，山东的钱海燕、王成喜，北京的何韦、康笑宇、何立伟、张爱学、王峰等等。和他们相比，我只是个半路出家的人，一个初入门槛的人。但为孙犁先生画插图，我不敢掉以轻心，等闲视之，一是这也是一种师生缘，这可做一种我们忘年之交几十年的纪念；二是这也是一种知己情，是一种文坛知己和同道的信任和激励。出版社选中我来插图，就是一份相知、一份信任、一份关爱，我当全力以赴，当作一项工程来完成。

我知道孙犁一生不喜怪力乱神，只是布衣芒鞋，农人本色，我把画的风格选了"文人画""水墨画"来表现，而不用现代手法、工笔细描去制作。我又把画的意境选了以漫画手法求"神似"而不求"形似"。只要画出先生文章的文眼、作品的主题就行了，而不去做精细的描绘。线条求其笨拙，意境求其土气，书法求其稚趣，将传统中国画的"诗书画印"融为一体，一画一世界，一图一天地，把先生想告诉读者的意思，借图画传递给读者。而人物形象，也都以粗糙的线条表现，以增加乡村韵味。我觉得，插图，也就是文章的一种注释，是作品的一种补充；但现在是读图时代，人们更喜欢从插图中加深对作品的理解。

画这些画的时候，正是雨天，我一个人在"梨花楼"上又把先生的文章读了一次，我找了许多画册，以从中借鉴形象，寻找灵感，我总感到先生在天上看着我，鼓励我——他的照片就挂在梨花楼上。我画了草图后又改来改去，生怕先生说："你理解错我的意思了。"我又取出我收藏的老油灯，为插图里添了几个老油灯的画面。在农村长大的人，是最喜欢那种"青灯有味"的意境了。我画的是彩色插图，但因印刷体例要统一，出版社印成了黑白。黑白的更显凝重、朴实、本色、优雅，我相信老师如健在，是会给我打分为"及格"的。

这套丛书都是大家插图，名人作画，我只是一介布衣、一个习徒，和他们排列在一起，我感到很是诚惶诚恐；但能为自己敬爱的老师作这些图，我心里很感欣慰。我相信，我的画至少没有糟蹋先生的文章，歪曲先生的立意，我是怀着朝圣的心情去画的，我很感谢出版社编辑对我的厚爱。至于读者如何看，那就只能仁者见仁、智者见智。一个学徒厨师，是不敢指望做出的饭菜，让食客们都能来叫好，都能来夸奖的。若老师的在天之灵能满意，我就心满意足、问心无愧了。

第二辑　淘书记缘

黄裳送我《珠还记幸》

——收藏黄裳先生《珠还记幸》修订精装本小记

黄裳先生是我景仰的一位老人,说景仰是"高山仰止,景行行止"之意,他的文字是真正的掌上珠玑、书斋妙品。前段上孔网,他的一本民国版《锦帆集》拍到一千七百二十五元的高价,难怪有人惊呼"这真是纸黄金"了。

他有一大批"黄迷",许多爱书的学子、文坛的书人,都喜欢他的书,网友"文泉清",专门写了《黄裳著作入藏记》,上了"天涯网"和"孔夫子",点击率很高,版主专为这个帖子飘了"红"。

我也喜收黄裳先生的书,许多年前是见一种买一种,买来后是有一本读一本,并写了《读黄小札》在《藏书报》连载,也曾从网上高价拍到几本他早期的书。前些年,有几位中学生来访,我对他们夸耀几种黄著,他们想用余秋雨的书交换,我说"拿一栋楼也不交换",不久,却被人家窃去了,我虽很遗憾,但好书之心人皆有之,为得珍贵的黄著而出此招,我也就宽大为怀,听之任之了。鲁迅说"窃书不算偷",我只好又托四方书友帮忙求购补齐。因托的人多,有几本书,都有了复本。现在,我的藏书楼上，有一柜名之为"黄裳专柜"。

前不久，在网上知道，先生的《珠还记幸》出了修订本，此书虽已收藏，但再版本有彩色插图，又是大三十二开本，便决心买一部。隔几日，网上有帖子说还有精装本，更是欢喜，便把这好消息告诉了北京书友孙桂升，让他找三联朋友帮忙购一精装本。他多处联系，才知精装本是黄裳先生本人特制赠友人之礼品书，出版社也没有存书的。

又上网搜寻，见先生已圈定赠京华书人名单，有姜德明、范用、扬之水、董桥、黄苗子、黄永玉等人，帖子介绍"是书制作精良，乃精装书目前最高水准"，还说"黄老对此书极看重，不然不会下大力让华联做精装本"。精装《珠还记幸》这样珍贵，京华受赠者皆为大名士，我就有些失望了，"予何人乎"？敢跻身这些前辈爱书人中去求得此书？读网友上海青田山房主人《黄裳及其他》网文，他描述他访先生时："黄裳先生话更少，近在咫尺，坐在沙发上，他，只是等着我说话，像是接受采访一般，我说一句，他回答一句。"这使得我想起一个女朋友说的话："能说的人干得少，能干的人说得少。"黄裳先生著作等身，他是用他的作品在说话。

上网时，又收到苏州朋友王稼句的网信，他说黄老作品研讨会将在13号举行，也邀请了他，我便又请他帮我会海觅"珠"。我在当天日记中写道："今年如能得到《珠还记幸》精装本，就该是今年买书最得意的书事了。"稼句兄复信说："研讨会也邀请了《珠还记幸》的责编参加，他会尽力帮忙找。"我怕难找，便先从网上邮购了一册平装本先睹为快。收书之日，抚摩把玩，真如明珠在侧，光生几案，古色斑斓，照人眼目。

有一天，我却意外收到黄老一封来信——去年我托一报社寄给他书，半年多他才辗转收得，他来信给予说明。黄老书札，言简意远，翩翩有古人情致。我赶忙复信并提出想购精装本的事，还附了书资。过后一想又很后悔，精装书仅百本，北京已赠送近三十本，他的朋友多，恐是僧多粥少，难以分配了。黄老已届九十高龄，这不是又给他添了包书寄书之劳了么？

初夏的一天，绿衣人却送来一件快包，取出一看，竟是黄老寄来的精装本——布面精致，高雅庄严，书名下"黄裳"两个手写体签名温厚而美丽，一如先生之人格，熠熠闪射光彩。他在扉页上写了"赠杨栋先生。黄裳，戌年初夏"。内文也均用铜版纸印出，厚重雅洁，古色生香。先生在信中说："《珠还记幸》印本一百册，为非卖品……因此汇款求购者纷至，不胜接应之苦。今以一册奉呈，尊款亦付还，我非卖书人，此意请谅鉴。匆此即问，近安……"看快件之信函是黄老亲笔写就——黄老是亲自到邮局付邮此书的。我深深体会到了一个老作家对一个年轻学子的深情厚谊。

我终于得到了一部好书，这是一颗明珠，一颗无价的珍宝。收书之后特配一礼品包装盒装之，并吟成小诗以表对黄老感激之情："深山初夏千峰秀，满目芳草翠欲流。绿衣报喜到书屋，沪上寄来一明珠。""来燕榭中书香浓，笔下生花锦绣丛。古人美婢换珍籍，从来好书胜佳人。""一部奇书万人求，咳唾生珠播九州。

梨花楼里结书缘，得此一编胜封侯。""无数'黄迷'仰山斗，等身著作传世文。我在太岳遥相祝，天佑黄老做寿星。"

附记：

寒斋有四本《珠还记幸》了。

初版本是高价从网上购得，品相很好，书品自然旧，买到这本《珠还记幸》时，我曾高兴地在书的扉页上题了一首小诗：

> 不做老板不做官，卜居书楼天地宽。
> 诗文书画随心写，经史子集任意观。
> 送去肉禽老父笑，买回花衣小女欢。
> 人到中年知天命，闭门寒斋如坐禅。
> 　　　　　　2004年10月10日晨口占抒怀并记

这本书原是北方交通大学藏书，想不通堂堂高等学校也不重视书，使如此珍籍流落市肆。另一为香港版《珠还集》，乃以《中国青年》创刊号与河北董先生换得。再就是在旌旗网新购修订本和这本珍贵的修订精装签名本了。四珠入室，书香四溢，余可称为"四珠富翁"矣！

6月15日晨记

喜欢上董桥先生的书

迷上董桥是十几年前的事。在《读书》上读到一篇《你一定要读董桥》后猜度董桥何人乎,竟有人如此推崇。后来买到三联版《这一代的事》,读了只有拍案叫好。他的文字是才子加绅士式的,敏锐而典雅,仿佛老户人家珍埋在后园的"女儿红",醇香诱人,又有一种只可意会的旖旎情怀。

董桥的语言有一丝欧化,有一丝古典,有一丝口语的俗艳,也有一丝雕琢的意味。他喜欢玩古玩小件,他的文章也如那些名士的斗方、学者的信笺、古董的竹刻、出土的绿玉,温润而多情味,使得人爱不释手,大有杜老"语不惊人死不休"之意。他写的小品短小精致,是雕刻出来的极致,是思想的散墨、文化的眉批,有故国的情怀。用他自己的话说,"散文须学,须识,须情""深远如哲学之天地,高华如艺术之境界",读他的书,看出他是这样追求的,每读一篇,零金碎玉俯拾皆是——仿佛天女散花,有目不暇接的缤纷,又如珠玉在手,有沁人心脾的宝光斑斓。

此后我就留心着买他的书了,但国内出版极少,花城曾出了《跟中国的梦赛跑》,但邮购落空,托友无望,至今未了此心愿。1996年书友龚明德编了《董桥文录》,他帮我购到一部毛边本。得书之日，坐在小院豆棚瓜架之下赏读，觉得真是享到了人间清福。恰好北京书友卫建民寄赠我几张美国藏书票，即以其一粘于此书扉页，并写下"杨栋珍赏"数字，配了一礼盒收藏。此书在我可算珍同拱璧，爱如掌珠了。

此后我又买到浙江版的《董桥散文》，里面有他几幅照片，他不像一个学者，倒像一个学子——坐在钢琴前潇潇洒洒，琴盖上有一尊西洋美人塑像，他的样子，仿佛是乐坛圣手贝多芬或肖邦。读他的文章，想象他该是老夫子一样的古朴，该是戴着深度眼镜或穿着蓝布长衫的名流，怎么也不敢相信，他是这么一个翩翩佳公子，斯文美"中年"。此书在国内印了四次，行销十几万册，可见迷董已蔚为大观。后来天津百花社张爱乡大姐送我一本《董桥小品》，又购得三联版《从前》《旧情》，虽有的篇目重复编选；但因他那文质彬彬的文字、风度翩翩的情调、半文半西的调侃、亦庄亦谐的品位，所以一概收罗入库，以壮观瞻。再后来他的书在内地越出越多，有辽宁的《书城黄昏即事》，文化艺术版的《没有童谣的年代》，江苏文艺版的《旧时月色》，古吴轩的《董桥序跋》，后者还收了董先生不少照片，惊鸿照影，心仪已久。神交名士，谬托知己，亦是一种赏心悦目的书事。他的文章总是那样举重若轻，挥洒自如，"淡墨白描，顺手装点"，有六朝人"目送归鸿，手挥五弦"的意态，有张岱、袁宏道悠闲意远、超凡脱俗的情致，也有英伦随笔幽默而深刻的特质，叫人愈读愈向往，大有如入梦魅不能自拔之感。

上网之后，见网上竟可买到董桥的台版和港版书，但这些书都很"贵族",装帧厚重,印制精美,内地版与之相比,仿佛婢女站在贵夫人膝下,显得寒酸而小家子气,虽每本书价都在百元以上,但爱董心切,还是一口气买了十多种,《白描》《小风景》《甲申年纪事》,《保住那一发青山》《回家的感觉真好》《伦敦的夏天等你来》《故事》《记忆的脚注》,为迷董而一掷千金,亦买书之豪举也。

一次在孔网,见有售《董桥文字集》者,要价七百元,此文集共十八本,但卖家只有十七本,虽缺了一本,咬咬牙还是拿了回来,置于架上,如同"断臂维纳斯",残缺是残缺了一点,却大美无言,为陋室增添了雅气。用董桥的话说"江山富了,欺世的欺世,盗名的盗名",吾辈既为文人,还是安坐冷板凳来读读书吧;尤其读一读董桥的书,心气里也会添几缕旧时月色的芬芳。戌年那一个长长的腊月无事可做,我便在枕边夜夜相约董桥,听他谈陆小曼画温山软水,张充和写《昆曲日记》,以及"汪精卫的三个女人","周炼霞的秋葵双蝶"这些陈年韵事,一如古代仕女的惜花心事,嗅着满地落红也有一丝浅浅的会心,那种凄清美艳,真可叫千红一哭、万艳同悲!

董桥如有新书,我还会买的。江山如画,像他这样的读书人时下实在找不出几个,他是福建晋江人,台湾成功大学外文系毕业,曾在英国伦敦大学做研究多年,任过香港《苹果日报》社长、《明报月刊》总编辑。他的文章多为报刊专栏而作,欧风美雨,飘来笔下;新闻古玩,杂缀花笺——写出的文章就如儿时玩过的那个"万花筒",摇一摇变一个花样,看得人眼都花了,心也醉了。留下的是碎锦一样的记忆。读了他的许多美文，不禁想哼几句表达对董桥的痴迷：

  湘竹帘外月如钩，
  寒窗悦读梨花楼，
  醉人文字解千愁。

  一卷《故事》恍如梦，
  名士佳人艳欲流，
  睡前更堪几回眸。

我是汪曾祺先生的"粉丝"

几十年前我喜欢上了汪曾祺先生的书,他的那篇《受戒》,我读了好几次,有常读常新之感。为了细品真味,我专门买了一本选有此文的《阅读与欣赏》——好多年成为我的"枕边书"。贾平凹曾赋诗曰:"汪是一文狐,修炼成老精。"他确实是经过修炼的真人,他的作品到晚年真是炉火纯青、出神入化,许多文学爱好者,都成了他的"粉丝"。后来知道他是沈从文先生的学生,就开始注意搜购他的作品,先是买到了他一本《晚饭花集》,他在序中说他喜欢《世说新语》和宋人笔记,他的小说也是当代的"笔记小说"。受其影响,我也专门买了《世说新语》和《宋人笔记》几十本,想从中体味汪先生的文章神韵、作品轨迹。他是江苏高邮人,那里是水乡,他的作品也有了水的灵气,那篇《大淖记事》,使人想到沈从文笔下的"湘沅"情调,他称沈从文是"水边的抒情诗人","他的字是一个字一个字雕出来的"。在汪先生笔下,文字也极简洁朴素,他继承了沈先生的衣钵,他自己也是一个"水边的抒情诗人"。

其后,我又购到他的《草花集》《旅食集》《塔上随笔》《晚翠文谈》《汪曾祺小品》,他的散文写草木、写吃喝、写戏剧,均津津有味、头头是道，这与他的阅历、他的学识是分不开的。他在剧团工作，很懂戏，他常写唱词，就又很懂诗，他还画画，山东画报社出版了他的《文与画》。他的《汪曾祺画集》，据说一册已卖到六百余元了。1987年漓江出版社出了他的《汪曾祺自选集》，我当即邮购一部，多少年一直是书斋良伴、案头清供。他也是一个文学伯乐，我们山西的曹乃谦就是他推介给文坛的，他为曹发表的作品作了评论、序言，他乐于为文学新人喝彩、捧场。前几年上网，见有人售他北京版的《汪曾祺短篇小说选》，索价七十元，踌躇再三，还是买上了。在这本书的作者简介中他自谦道："学无专长，兴趣又杂，岁月蹉跎，成就甚小。"但从此之后，他仿佛到了喷发期，写了许多小说，也写了不少精短随笔。从此，我见汪书就买，又买到了百花的《汪曾祺散文选》和《汪曾祺的春夏秋冬》《汪曾祺传》。江苏出的他的文集一直没买到，他逝世后，北京出了他的全集，几经周折，总算买到了一部。后来上孔夫子网，还有人出售他的自选集，虽然寒斋已有一部，但看到出售的是此书精装本——仅仅印了四百五十册——于是也以百元高价一举购归，以做人生之纪念。我还邮购过他一本《菰蒲深处》，正好那年认识了一个念师范的女孩，我便将此书转赠她了。在我，这书是最珍爱的厚礼了。汪先生的书大约出了近三十种，早期的《邂逅集》《羊舍的夜晚》已难寻觅，成为文物。他死后出的书则大多炒作，或分类选编多处出版，或改头换面重复选目，叫人生逆反之心，兴滥出之叹。如近期印行的《汪曾祺说戏》《汪曾祺主页》《汪曾祺谈吃》，虽印制精美，但多属冷饭，叫人不想再买了。前些年还在长江文艺出版社邮购到《中国当代才子书·汪曾祺卷》，列入此丛书的还有冯骥才、贾平凹、忆明珠，这四位皆诗、文、书、画俱佳，是真正的当代才子了。细细检点，我入藏的汪氏著作已近二十种，先生虽驾鹤西游，但他的作品却会永远伴随着我们。我也哼得一首小诗，以表达对汪先生的怀念之情：

> 汪是一才子，文名天下知。大笔真老辣，小说好妩媚。善写食色性，绣口咳唾珠。也作诗书画，京城一布衣。曾写精板戏，娇女唱新词。曾赴琼花宴，金盘脍鲤鱼。故人陈小手，情僧小沙弥。彩笔描凡俗，语言见清奇。老来成文豪，业余作画师。兴起喝白酒，情多惹梦思。吾爱汪夫子，书痴复情痴。吾爱汪夫子，儒雅天下知。吾爱汪夫子，仿佛谪仙人。吾爱汪夫子，书中词瑰奇。吾爱汪夫子，文狐成正果。吾爱汪夫子，当代一真儒。

见到了作家铁凝

很多年前就想着能见一见作家铁凝了，这不仅因她是一个有名的作家，是中国文坛的"总舵主"，更让我感到亲切的是，她还是孙犁先生的文学传人，是先生生前多次称许过的作家。

铁凝对孙犁先生也是很尊敬的，在孙犁住院时，她还专程到病房探视。她是中国作协主席，行政事务是很忙的，但她能拨冗去探望自己的老师，叫人很感动。我自认始终是她的"粉丝"，小时候当放映员，放映过以她的作品《没有纽扣的红衬衫》改编的电影《红衣少女》。我们全乡有二十多个自然村，这部电影我一直放映了近一个月，但百看不厌。这部电影得了"百花奖"和"金鸡奖"，而那件"红衬衫"也照亮了我的花季春秋，浪漫了我的青春岁月。后来知道了，铁凝不姓铁，姓屈。她的父亲原名屈铁扬，成了画家后叫铁扬。她的父亲是油画及水彩画家，毕业于中央戏剧学院；母亲是声乐教授，毕业于天津音乐学院。铁凝为长女，是出身于文艺世家的一个才女。她其实和我是同龄人，比我大一岁。她是1975年高中毕业，我也是1975年高中毕业的，因酷爱文学，她放弃留城、参军，自愿赴河北博野县农村插队。1975年，《会飞的镰刀》被收入北京出版社出版的儿童文学集；该小说是铁凝高中时的一篇作文,后来被认为是其处女作。

她是一个勤奋的作家,也是一个朴实的作家,一个有风格的作家,职务虽不断变化,但万变不弃写作,她就是当了主席,也常有新作问世,这印证了一句老话:作家还是要靠作品来说话的。

5月份接到邀请,让到北京参加中国作协主办的孙犁先生百年诞辰座谈会,文友给我透露,座谈会将由作协书记李冰主持,铁凝主席讲话。我心里高兴,这次可真能见到铁凝了,见到那个写"香雪"的铁凝,写"套袖"的铁凝,写"红衬衫""麦秸垛"的铁凝了。我的藏书楼"梨花楼"上,有很多名家的签名本,如孙犁、黄裳、董桥、邓云乡、贾平凹、张中行的,唯独没有铁凝的,我买过铁凝的很多书,有《铁凝文集》,人文版的《铁凝选集》,我上初中的女儿一本接一本地看,说"真好看"。

在赴京之前,我像一个热情的文学青年一样,翻箱倒柜找出她的许多书,想带到北京请她签名;但又想会上人多,她是中心人物,带多了是添乱,于是只选取了一本《会走路的梦》。她有一本书叫《像剪纸一样美艳明净》,想她一定也喜欢剪纸,我便请我市的工艺美术大师、省非物质文化遗产传承人赵国清先生为我做了一套剪纸礼品,我要带到北京,带给铁凝。国清是我的好友,听说是要送铁凝,就说:"我收藏着一百多幅明清剪纸,我给她选取十来张吧。"国清正参加政协会,他特意请了假,连夜制作了剪纸册子《民间文化瑰宝——国清剪纸》,我也特意为铁凝写了一幅隶书条幅:"临事知闲贵,澄心觉道尊。"我想,文学也是一种"道",孙犁先生生前写过"大道低回"的条幅,铁凝已成了文学之道的"掌门人",她是会维护文学之道的尊严的,是会引领文学之道的潮流的。我也是期望,中国文学能在她的带动下,产生伟大的作品,产生新的奇迹。去年在河北,我认识了赵县作协主席赵长青先生,当他知道我喜欢铁凝作品时,愿意帮我求个铁凝女士的签名本。他说,我们是一个县的老乡,她回县里时我每回都会见到她。前不久,赵君还在我博客上留言,没有忘了铁凝签名本的事。

5月14日,我四点起床,五点半就坐上公交车到了中国现代文学馆。朋友们说北京多堵车,去得晚了怕堵在路上,但我却去得太早了。我只好坐在文学馆院里的小椅子上,准备写一篇散文。写着写着,突然笔里没油了,我想这可坏了,还没求铁凝主席签名,笔却不能用了,急忙又跑出街头找到文具店买了一支新笔。八点多我赶到了会议厅,在门口遇见一个很清秀的女子,她面带微笑向我点点头,说:"来了?"我也点头说:"来了。"我看到她很面熟的,好像在那里见过似的,却一时想不起来。她穿着黑色短裙,显得英姿勃发、青春靓丽、精神抖擞。直到她走到孙犁先生的儿子晓达兄跟前谈起话来,我才醒悟过来,这就是我想见到的作家铁凝。我原想她是主席,来的时候一定会前呼后拥,盛气凌人,想不到她一人静悄悄地进了会场。我走到她跟前自我介绍:我是从山西省长治来参加会议的,我市的文联主席是女作家葛水平。她说:"是葛水平那里?"我说:"是的。"我赶忙拿出那本《会走路的梦》对她说:"我很喜欢您的作品,收藏了不少,来的时候专门带了一本,想请您签个名做留念。"她笑着说:"可以。"她接过书翻到了扉页上,又接过我递给她的那支新笔,很潇洒地在书上签了名,接着晓达兄和晓平大姐和她合影,她也笑着对我说:"一起来吧。"于是我也站在了晓平大姐身边一起合了影。我把带的书法和剪纸送给她,还送了我新出的《文蛇集》《杨栋与孙犁先生》《乡土沁源》等书。我想她如有时间看看《乡土沁源》,是会了解我青山绿水的家乡的,我也请她有机会到太行山来看看,说不定又能写出好多美文。

在会上,她深情地忆念了孙犁先生。她说:"孙犁的作品伴随了我这一代人的成长。我曾在一篇文章里回忆了童年时期阅读孙犁作品的体验。那个叫双眉的农村姑娘,特别是她的流动的眼和突然断掉一半的弯眉,对我有一种不可言传的美的诱惑。"说到晚年的孙犁先生时又讲道:"我的心里总是浮现出这样一幅画面:简单、整洁的居室,昏黄的灯光下,一位面容温厚的老人细心地清洁、修补着残缺的书页,包上书皮,然后题写书名、作者、卷数于书衣之上,中华文明历经几千年,未曾毁于灾荒、战火、人祸,反而星垂野阔,一脉千流,大概也和孙犁先生这样的知识分子始终悉心保护、修复文化,坚守自己的理想有关吧。这灯下修书的老人形象,竟是无数中国传统知识分子的一个剪影。"最后她动情地说:"如今,孙犁先生不在了,我想,我们大家都愿意像孙犁先生对待当年的我们一样,同心协力,做一些'引导、打杂和清扫道路的工作'。唯愿文学的灯火生生不息,照亮人生,照亮人们的心,用温暖、炽热的能量鼓舞中国人民在实现'中国梦'的道路上前行。"

在会场上，一个玻璃橱窗内就展览着铁凝在《戴套袖的孙犁先生》一文中描写的孙犁用过的那副深蓝色的套袖。我想，一副套袖见证了两代作家的情谊，铁凝是一个得了孙犁真传的优秀作家。散会后，她又微笑着和我们握手告辞，她的脸上始终带着温馨的笑容，一对大眼总是那样的炯炯有神，让所有见到她的人，心里都会温暖。我想，在我们这些"码字工"眼中，铁凝是一个不端架子的名家，是一个平易近人的才女，她不像是"主席"，更像一个叫人感到十分亲切的"姐妹"。我高兴，我终于见到了中国知名的女作家——我们的铁凝主席，见到了文学界的同道——我们的铁凝同志。

姜德明先生的书话

北京孙桂升先生来信说,他收藏的黄裳的书有四十三种四十九本,收藏姜德明的书有二十七种二十九本,作为一个读书人,其收藏亦可云富矣。

我也粗粗统计了一下我的收藏,我收藏黄裳著作五十种六十本,收藏姜德明著作三十七种四十本。黄裳先生珍本有港版《珠还集》《河里子集》,毛边本《翠墨集》,自印精装签名本《珠还记幸》,签名本《河里子集》。姜先生珍本有毛边签名本《书叶书话》,签名本《清泉集》《活的鲁迅》《梦书怀人录》《与巴金闲谈》《王府井小集》,毛边本《文苑漫拾》等。其中有许多书,都是以百元以上高价,从孔夫子旧书网于私人购得,如《王府井小集》《清泉集》《雨声集》《活的鲁迅》,可见姜德明先生书之身价。姜德明先生好像没有写过小说,也没写过诗歌,他把全部精力用在书话写作上了。在孔夫子网读帖时,有一个读者感叹:"先别说人家文章好坏,能用一生去那么地爱书,爱到那个分上就不容易呵!"读姜先生的书话,我们也像跟随着他在"守望冷滩"在"书滩寻梦"了。

我买的他最早的书是花城出的《书叶集》,通读一次,了解了许多鲁迅先生的故事,这本书我珍藏了十多年,一次有一文友来闲坐,想看这本书,我便大方地说:"我已读过了,就送给你吧。"后来我又和他要借回来查看一点资料,他竟几次借故不给,不是说"书柜钥匙丢了",就是说"书放得找不到了"。其实他怕我后悔,要回来就不给他了。无奈之下我只好从网上花五十元邮购一本。这次买的是二印本,翻阅之后,藏于高阁,汲取教训,不再送人,就是给钱也不卖了。后来又陆续买了他许多新书。1996年,姜德明先生还签名赠送我一本,《梦书怀人录》,得书后我欣然赋诗,以记书缘:"秋光庭院读书天,绿衣传邮到荫园,一卷书话香彻骨,签名本上说书缘","吾家无田食破砚,买书钱是卖文钱,天下更有痴于我,姜公书郎小洞天","一朵红叶一书签,典尽春衣买芸编,梦书怀人金台路,面壁书窟定成仙"。收到此书后我披衣夜读,如入书林,秋月亲人,满窗清辉。读后又写了两首菩萨蛮词抒怀,其中一首写道:"一册新著来何处?蝈蝈声里天欲暮,倚枕读华章,满窗明月光。今夕中秋夜,灯下无睡意,文字可下酒,祥光满书楼。"此后我多方搜求他的著作,不仅买他写的书,他编的书也列入了搜购的范围。如《书衣百影》《插图拾萃》《作家百简》《北京乎》《如梦令》《中国现代散文选》。一个作家读的书多了,他的选家眼光也会提高,他所选的必会是书林珍果、文海遗珠,所以买他编选的书,是会叫人信任的,是会叫读者放心的。

因为想买他的书,每次上旧书网,都要在图书检索中输入"姜德明"三字,输得多了,电脑竟有了主动记忆,每打一姜字,他的名字便连带跳出来，看来电脑也知道我是姜先生的忠实读者了。有一次检索到一书店在售他的《追寻插图艺术》，定价五角，以为他又出了新书，又惊讶定价这么低，是卖家太不精明了。订购来一看，却是从报上剪下的一篇姜先生文章，这回轮到我自嘲了："真是会买的哄不了会卖的。"

2005年10月14日，我到北京参加第三届全国民办读书报刊研讨会，在会上第一次见到了姜德明先生。因会议通知上参会人员中有他，我便带了两本书请他签名，并和他合了影。他生性温和，神态儒雅，看到他的风度，就会叫人想到那诗句："腹有诗书气自华。"时下中国，像他这样爱书如命的人，真是屈指可数了。

姜先生的书我已基本积累全了，闲时翻阅，真如走在光天化日之下、山野春风之中，醉人的书香墨香给人无限的愉悦，我把与他的合影放在他著作的专柜之上，表达对他的敬慕之情。

我想，我虽没有姜先生在琉璃厂、潘家园淘宝捡漏的条件，但有了互联网，我可在网上淘书，我会步他之后尘，也去做一个真爱书的人。还是用我赠他的另一首小词作此文结束语吧："鸿雁飞函金台路，乱世谁买相如赋？芸编满绿窗，秋梦有书香。青春经忧患，老去诗相伴。梦书又怀人，展卷沐春风。"姜先生的书，正是吹进我"梨花村"的缕缕春风呵！

我与叶梦

叶梦是湖南的一位女作家,她写的散文很有灵气,她在题材上闯了禁区,写女人的生命体验,被文坛称为"女性散文"。

我先是在《散文选刊》读到她的特辑,那篇《羞女山》,我读了好几次。因为作者简介中写了她出过几本集子,就想一睹为快;但市面上买不到,只好写信和她邮购。不久收到她的信,说以前的书已缺,近日出一本《湘西寻梦》,并盼我能帮忙征订一些。

  杨栋先生:

    你好!

    读了您的信及刊物,以前也读过您的散文作品,我们是同行,如有什么需要做的,无须客气。关于《女人的梦》一书由于……以后出版社变迁,一直未能出书,请谅。我今年有两个集子出来,一本是广西民族出版社的《湘西寻梦》,另一本是安徽文艺出版社女作家心路历程散文丛书中的一本《灵魂的劫数》。《灵魂的劫数》收有我五万字的自传体散文以及十三万字的散文作品,待书出后我会送您的。另有一事相求,广西这本书,出版社嘱我自己帮助征订一些,意思是请你和沁源地区新华书店打个招呼,让他们尽量多订一点,初次相识便冒昧请求帮助,你不会见外吧!随信寄来订单四份,如有困难也不必勉强。握手。

叶梦
3月23日

我在报社有点"小权",也愿让本县业余作者学一点"先锋"文学,就请书店给报社订了几十本,书到后我全免费送给了本县作者,叶梦在我县知名度大增。她后来来信,并送我一册签名本《湘西寻梦》。

杨栋先生,您好!《湘西寻梦》多亏您帮助征订十分感激。今奉上一册,望博一笑。以后多联系。握手。

叶梦
10月7日

后来她又出了一本书,又来信请我帮忙。我觉得一个女作者这样勤奋,很不容易,便又订了一批。在当代文坛,出书要自我推销已是司空见惯,我的书大多也是自销的;所以,对叶梦就很有同道相亲之感。她在信上称呼我也比以前亲近了些,以前称"先生",现在改称为"兄",我也感到她是一个很平易近人的作家。

杨栋兄：

　　你好。前几日的信收到了么？又有一本书的征订请您帮忙。这本比《湘西寻梦》更好销，能否比前一本多争取一些订单数呢？拜托了，结果还烦您告我一声。握手。

叶梦
10月29日

　　此后我写了一篇对她散文的评论，在好几家报刊发表了，后来还上了网站。我对她的文笔、文心、文风，是由衷地欣赏的，我也将剪报寄了她一份，她专门来信感激。

杨栋文兄：

　　你好！我于11月12日来深圳小住至今，兄的信最近才由家人带来深圳，所以为迟复道歉。读你的评论，甚为感激，谢谢你的捧场，谢谢你多次到书店为我奔走，十分感谢。我后来的文字，全然不是游记路子，但愿你还是喜欢，书出后一定先寄兄雅正。最近有一新书征订，不好意思一再劳烦了。山西的《九州诗文》给我寄了一本，我看了不错，以后我或许会在山西发一点东西。有机会到湖南来玩哦，好地方不少呢！可走一走的。

祝新年大吉。

叶梦
12月26日

1993年，我办了藏书楼，想收藏她的一些资料，她很热情地寄来一张照片、一篇手稿。她在信上客气地说：

杨栋：

　　好！信迟复了，请谅。寄上照片一张，手稿一篇（六页）《纸扎匠曹伏保》，希望你喜欢。握手。

叶梦
1月8日

她在照片后面签字，并写说明："赠杨栋，叶梦。1995年1月8日。摄于1993年10月2日，于益阳秀峰公园，蔡国胜摄。"她在档案卡上写了"籍贯益阳，1950年11月6日出生"。她可以说是我的同龄人，但她的思想观念、艺术追求比我要时尚，比我要新潮，比我要先锋；所以，她的散文是一种新潮的散文、纯艺术的散文，至今，仍留给我阅读的美感。后来，我出书了，也去信请她帮忙订一些，并寄了一本《杨栋散文选》给她。她复信说："杨栋先生，好。信及赠大著《杨栋散文选》今已收到，刚收到翻开读了二三篇，便很喜欢，待细读后再聊。关于征订的一事，因我一向搞发行没有能耐，待我想出法子再告你，好吗？"我知道我使她作难了，她当时的通信处是益阳文化馆，一个县市的女作者，她自己的书都不好意思去求人，又怎能为别人去求人呢。

　　后来我很少再见到她的作品了，在网上搜索，见她出了写湖南的一本书，又见她编了《画家散文》《女画家散文》两本书。她编的书一定是很好的书，我在网上邮购了两本，闲时评赏，如见旧友。虽然我和她从未见过面，但对她充满了敬佩之情。前些年我去湖南旅游了一次，车过益阳，我心里想起了叶梦，叶梦于我，是益阳市的文化名片，她曾生活在这个城市，我甚至想停下车去看望她一次，但我知道她已离开了这个城市。叶梦，她是否早已放弃了那文学的梦、散文的梦？那本《湘西寻梦》仍是我书架上的珍藏。

郭淑敏的《一日佛门》

郭淑敏是河北女作家,我在《散文选刊》上读到她的散文,很惊讶她行文的简洁、布局的精致,那是一种禅思散文,是一种佛的开示。

她在极短的文字中写出种种感悟,春花秋月,菩提镜台,品人论事,如露如电。她的语言很古典,文思很敏捷。她当时在《青春岁月》杂志社工作,为了以文会友,我给她去信并寄了两本书,不久,她复信给我:

杨栋先生:

您好!

两本书均收阅,谢谢您的信任,不断读到您的名字,说实在的,开始有些疑惑,杨炼也写散文了?看看文章,较之杨炼更质朴细腻,才发现是杨栋,才感觉有些好笑,不过名字和文章是格外地注意了。原谅我近期不能为您写点什么,原因一是机关办实体,因有一个工厂是我联系的,不得不办起来,好在已投产,解脱已指日可待,但先前的艰辛自不必说。二是省委宣传部与省文联于本月 27 日为我组织一次作品研讨会，地点在北戴河东山宾馆，会前得略做准备，之后，我会静静坐下来，仔细读读您的文章，谈谈我的感觉。

我写散文并不多，十多年前断断续续，这二三年也不过十几篇，不过运气不错，胡乱寄给什么地方，都发了。这或许因为我的经历与彻悟？如今已是淡泊到极点，但我愿意为你写点什么，因为我们素不相识，因为你信任我，因为你在众多的报刊中记得有一个郭淑敏。先写这些，好么？多联系，我们会是好朋友。

礼

淑敏

7 月 12 日

收到她的信，正好我们县办了一期《散文园地》小报，我回信时又给寄了一份，其实这份小报也只印了一期，但作品是很不错的。她又来信谈了感受。

杨栋同志：

信悉。

知道您的名字，大概便是在《散文选刊》上。我的散文集约七月份出版，届时奉上。

《散文园地》办得不错，县里能有一个散文小报，实属不易。你们是幸运的。

我写散文已十余年，中间有几年停笔，这二年又东山再起，去年《散文选刊》选了我的《为某日暴风雨所作》与《雪中送故人归》。我的散文似乎在《羊城晚报》发得更多，他们偏爱我的作品，《随笔》二期有一篇《一日佛门》，《天津文学》7月份有《祭外祖母》，其他，似乎不值得一提，胡乱涂鸦而已。希望多联系，方便时也写些什么给我，我们会是好朋友的。欢迎有机会来石市。

礼

淑敏

3月26日

1995年6月，我到石家庄参加"储瑞耕日记研讨会"，就很想见她一面，多方托人联系，始找到他，并约定3日上午看她，我的日记上记："6月3日，约定今早九时到珠璧城约见郭淑敏，让乘20路车去，余不善找车，又怕误时，故打出租车去，找一时许，未见，旋找吴。吴云：郭已在10路站牌下等候，吴去找回郭。郭之住处较窄，书架上书不甚多，有几种佛经，郭已信佛，谈话中为佛像点一炷香。并约余去过'生活禅'夏令营，赠其近著《一日佛门》一种。看表已近十一时，遂匆匆告别，打的而归，又从宾馆打的赴火车站，'打的'车费花近百元，然能与郭见一面，亦无憾焉，盖余心仪郭之文章，盼能一识庐山，郭云：'哪怕能见一面谈上五分钟，也是一种缘。'郭至今无居所，赁屋而住，在石家庄报开专栏《无定居闲话》。"

那次告别后,她曾来过一信,以后再未联系,也很少见她有作品发表,我想她已看破红尘,心归净地,所以,对文章也看得淡了。有读者评她的文章说:"经历了做人的甘苦,深味了人生的酸甜,用心灵做琴弹奏一曲生命之歌——昂扬是主调,淡泊、澄明是和弦。"她1954年生于天津,祖籍河北省新乐县,读完中学曾下乡务农,河北师范学院毕业后当过小镇广播编辑,后来写起散文,又调到石家庄市工作。

郭淑敏是一个才女,她的散文是有风格的作品,别人写得多,她写得少,但别人写得一般,她写得好。她虽只出了薄薄一本《一日佛门》,但在我看来,比起那些出了十几本"文集"的三流作家,她的书是精品书,更能叫人记住,更能叫人喜爱,更能成为传世佳作、书中经典。分别十多年了,不知她现在过得可好?

郭良蕙的收藏散记

院里的红果树上,又有了麻雀的啁啾,晨阳的光白晃晃地射在晴窗上,小屋暖和起来了,倚在枕上,就想读书,取一本郭良蕙的《青花青》,听她娓娓地谈"金碗缘""唐代之女""色彩缤纷蒜头瓶""沙漠晚霞赏金钧窑"。老瓷器的奢华之色漫漶纸上,元青花闪着幽光,如同封面上青花盘印的那条普蓝色的鱼,在水草中瞪着神奇的眼,向文物的世界张望。这是近日里读到的最惬意的书。郭良蕙是台湾女作家、宝岛才女子,她写过不少言情小说、畅销故事,出版过五十多部作品,从20世纪80年代开始,她却喜欢上文物,不仅访宝,且写起了谈收藏的散文,在《艺术家》上开了专栏。有人称赞她的文章可与董桥比美。她在台湾出版的《郭良蕙看文物》一书,美图美文,美轮美奂,在孔夫子网卖到三百五十元。一本书这样贵,是文字攒成珠玉花钿了吧。可我还是抠门,没敢买她的高价书,上卓越网,见紫禁城出版社新出了她一套四种文物散文集,价也不贵,遂一起下单。在暖春的一个上午送货上门,我如收到盼望已久的宝贝,将其放在枕边,不时抚看,睡前读几篇,可得一枕好梦;晨起看一段,如品数盏香茗。看作者在香港参拍,在藏家处赏宝,在英伦逛古董店,徜徉于石玩之城，陶醉于古物之美，目迷五色，神与物游，心追上古，趣味天成。缺憾的是，国内版有文无图，减少了对照的美感，实物的华彩，使得缤纷文字少了几丝情致，多了一点惆怅。作者说："如同恋爱进展到婚姻一样，受各种现实的磨损而逐渐失去新鲜感，喜好一旦成为工作以后，所产生的压力也会减削原有的兴趣……而收集古艺品则不同，可以孤独也可以群集，可以静止也可以流动，过程中充满希望和喜悦，尤其寻到你自己心爱之物，兴奋和安慰无以名状，难怪沿袭已久的'古玩'和'玩家'等名称都看重一'玩'字，俗是俗了点，却十分切题，盖真正在玩，真正为玩，而且真正有玩的乐趣也。"郭氏的文笔是女性的絮语，而董桥的作品是夫子的讲述，有人不喜欢董桥先生的"娘娘腔"，但董桥的迷人处也许正是有点"娘娘腔"，如同京剧中小生的那声拖腔"娘——子"，一种深情，一种关爱，一种风流皆从娘娘腔中袅袅飘来，直叫观者肺腑有了回声，眼中有了情韵，不喜欢看也不行了。董桥先生写古物有些华，马未都先生写古物有些实，赵衍先生写古物有些老派，古物只有配上郭氏的灵动文笔、女性情怀，才仿佛有了情味。"色不迷人人自迷"，读郭氏的书，和作者一起看"玉的王国"，看"美色珊瑚"，看竹雕石雕，看绿翡翠，看红宝石——新年看旧灯，暖暖的春日有幽幽的书香陪伴，心情是十二分的宁静。"十里陂塘春鸭闹，一川桑柘晚烟平"，读古文物的书，总要读有点文采的，如坊间的精装图鉴，铜纸厚砖，真是一堆又一堆的"印刷垃圾"了。

苏晨先生的赠书

收到丽江花园的邮包,心里一阵窃喜,莫非是苏晨先生寄书来了?仔细一看,果然邮包上写着"内书九本","南浦岛丽江花园苏晨寄"。迫不及待在邮局打开,九本新书如九位佳人,叫人感到眼睛一亮。

这是他的一部新版文集,包含了《新版野芳集》《宁波的记忆》《苏晨烦心散文集》《苏晨向学散文集》《苏晨多思散文集》《苏晨书信散文集》《苏晨中篇散文集》等。他在每册的扉页都签了"杨栋同志并梨花楼,苏晨",并加盖了丹朱小印;勒口上印有先生小像,两鬓如雪,慈眉善目,背靠书墙,双目炯炯,像是一位哲人,又像是一位诗人。他出生于1930年,已是八十三岁的文化老人了。

我是读黄裳先生在香港出的一本小书,才注意到苏晨的,黄裳的那本书是《回忆与随想》丛书之一,丛书中还有新凤霞的一本和苏晨的《小荷集》。读了《小荷集》,觉得作者文笔洗练,情调高华,作品清丽,一下子喜欢上了,便又买到了《野芳集》《常砺集》。从书中知道,作者是一位文坛老兵,他当过花城出版社社长,创办过《随笔》《花城》等名刊,出版过五十多种著作,是一位有独特风格的散文家。

我喜欢写散文,所以对《随笔》情有独钟。"随笔"一体是笔记文学,"随笔之体肇始魏晋,而宋人最擅胜场"。流传最广的笔记《东坡志林》《老学庵笔记》等受到读者喜爱,而英法等国也很推崇这种文体,《蒙田随笔》《四季随笔》和兰姆的作品,都幽默风趣、哲思翩翩、语言优美、意境高远。我读到《随笔》后,真是爱不释手,刊名是茅盾先生题写,有些瘦金体的味道,笔意姿媚,骨力神秀;而内容则多名家之作,或写"文革"反思,或写个人遭际,发议论之声,兴家国之叹。这样的杂志,足见主编的风格、主编的思想。读到这本杂志,我想到两位画家对画的评判。齐白石说"画需独立",朱屺瞻说"画需有力"。这也与陈寅恪倡导的"独立之精神,自由之思想"是相通的。《随笔》就是一本"独立"又有力的杂志。其实苏晨先生办这样的杂志是需要担风险的,是要有些硬骨头精神的。

苏晨先生之所以铁骨铮铮,他的行为时时都在诠释着那句话"站起来吧"!不惧权要,敢开风气,坚持真理,皆因他是军人出身,出生入死,见惯风雨,笔耕一生,历经沧桑。他1945年就参加革命,当过《进军》报编辑、记者,《战士生活》编辑组长。他是在战火中成长的文化人,一生坚守着文化阵地;他也是一位老革命,但思想一点也不极左,不僵化,不保守。他发现了许多文学新人,编发了许多优秀作品,他本人也创作出版了《野芳集》《小荷集》《汨汨的流水》等五十多部作品。

今年夏天在北京,曾和《芳草地》主编谭宗远兄相约,秋天去东莞开会时，一定去看望一下苏晨先生；但到东莞时潭兄未能如会，我一个人只好抱憾而归。潭兄在网上告了我苏晨先生的地址，我便给苏晨先生写信并寄了两本书以表心意。不久就收到了先生的来信，信上说"今年我自费出了八本书，保证年内出来，明年的八本，第一本刚寄出"。一个八旬老人，一年编印了八本书，真叫我们感到汗颜了。我曾求他给梨花楼写一幅字，他说："要我写几个字，我左手写字三十年了，要得么？"读他的信感到他平易近人，很温馨，他一点不端架子，是一个可爱的老人。

收到他的赠书，又惊讶这些书全是他自费印行，他说："我希望梨花村藏书楼适当注意到自费出书，自古有官刻书、坊刻书、私刻本和自刻本之分。只有绝对无出版自由的国家，才只准官刻本。""明年我还会自费出八本书，得向死神抢时间。"我翻阅了他的自印本，本本印制精良、内容丰富、思想解放、文笔活泼，是很有品位的书、受人喜爱的书。

新年到了，我也给先生寄了一部我的《杨栋文集》，又写了一幅小中堂，祝福他多福多寿。我写的是"白云心自远，沧海意相亲"。苏晨先生是见过沧海的人，他的作品、他的新书有白云仙鹤之姿，朱霞碧天之象，是爱书人书架上的珍藏本，他赠我的书也是我的梨花村藏书楼中珍贵的签名本。

孙机先生的书

知道孙机先生的博学是读扬之水的书发现的。京华才女扬之水出了几本"名物新证"的书,如《诗经名物新证》《古诗文名物新证》,这些书阐述发微、考证翔实,使人不仅长知识,也添了读书的趣味。从书上知道,扬之水是以文物考古专家孙机先生为师的,所以也就注意上了孙机先生。在孔夫子旧书网查询,孙机先生出过《文物丛谈》《中国古舆服论丛》《仰观集》,但价格都已贵得离谱,我只在卓越网上买了他的一本《汉代物质文化资料图说》。这是一本辞典一样的书,书中图文并茂,资料丰富,对有些嗜古的我来说,真是一本好书。读扬之水先生的日记,她曾记下谷林对孙机先生的品评:"孙为学、为人皆不苟且,当年在学习会上就总是很有锋芒地发表不同意见。他的说话也和他的作文、做人一样,简洁、明快。""他的文章没有什么辞藻,也无枝枝蔓蔓的废话,但读起来绝不枯燥。"我喜欢收藏古灯,但对唐诗中"起尝残酌听余曲,斜背银釭半下帷",宋词人晏几道"今宵剩把银釭照,犹恐相逢是梦中",总是不解,灯就称灯吧,还美名曰"银釭";读《文物丛谈》有一篇《两件水禽衔鱼釭灯》后大为开悟。孙先生介绍,釭灯其实是一种带烟管的灯,能净化空气,能调节灯光。他引用晋代人夏侯湛的《釭灯赋》曰："取光藏烟，致巧金铜。""隐以金翳，疏以华笼，融素膏于回盘，发朱辉于绮窗。""釭，空也；其中空也。"所以烟管就是釭，带烟管的灯就是釭灯。古诗文中的"兰釭""兰膏明烛"，就是由于其中点燃的是加兰制成的香油而得名。孙先生博采群书，又以出土古灯资证，说来有条有理，可见其学力非凡。他在书中的考证上溯新石器时代，下迄明清，涉及的题材有神话、车马器、兵器、饮食、器用、木工、家具、动物、游艺、佛教艺术等，其论述都建立在扎实的研究基础上，用孙先生的话说是"专家学者读而解颐，文物爱好者亦乐于开卷"。读他的书一点没读考据文章的枯燥、学术文章的呆滞。扬之水先生大概是1995年才认识孙先生的，她在《读书》十年日记1995年8月3日记："孙机先生过编辑部，以《文物丛谈》一册持赠，未曾接谈，便匆匆辞去。"9月4日记："按照约定，九点半钟到历博西门，等候遇安先生。""遇安先生今年六十六岁，父亲是搞古典经济学的。""先生以《图说》《论丛》精装两册特赠，聊了一个小时。""此番会面，收获极大，许多从文字上读不明白的问题，经先生一讲，一下子明白了，其学养与见识，真让人佩服。"从日记中可看出孙先生是一个关怀后学的热心老人。他每次都给扬之水女士赠书，指导。他不屑名利，自号"遇安"，也是人生随遇而安的意思吧。他的关怀和教诲，扬之水先生也是很感激的，以致她在9月6日日记中说："读孙著，并与先生一席谈之后，痛感四十九年是非。以往所作文字，多是覆瓿之作，大概四十一岁之际，应该有个转折，与遇安先生结识，或者是这一转折的契机。"可见扬之水先生对孙机先生评价之高。结识孙机先生后，扬之水有了名师指点，加上她的学养和勤奋，出了不少新的学术成果。孙机先生对扬之水说："……按物质文化史并非常态，我想写的，是一部具有立体感的历史。""现在人又老了，精力也不够了。"读到老人的话，真有悲凉之感。以他的才学本应是能酬素志的，但十年废于遭逢，十年荒于动乱。真叫人起长使英雄泪满襟之叹。孙机先生有一本书名叫《寻常的精致》，其实我们能从他的书中欣赏许多古代人的精致、古代人的风雅，这已经足够。已经很感谢孙先生在文物考古领域的劳作了，而今他又带出了扬之水这样一位高足，让我们流连于《奢华之色》中陶醉，徜徉于《诗经名物新证》中怀古，我们这些书虫已经很高兴了。还用孙先生对扬说的话来讲："做学问的，大别之，有三种：一种是像某某那样的正常人，四平八稳的，不作惊人之说，少有发明。像我这样的，是疯子，语不惊人死不休，你也沾点儿边，差不多是这类型的。再有就是平庸之辈，不必说了。"

从中可见孙先生对扬之水勤奋治学的欣赏之情，对这位学子的期许之情。"名师出高徒"，孙机先生已是把扬之水引为"知己"和"传人"了吧。

邵丽的诗集《细软》签名本

邵丽是一个当红作家，也是一个现代才女，她的小说是反映现实的力作，她的散文情文并茂，使我惊讶的是，她还写诗，我在她的博客上读过她的一些诗，感觉很美好。

我在的山地气候清寒，古人写诗说："入夏风犹凛，经春花未斑。"已是4月的春晚了，窗外公园的柳丝才吐出一丝鹅黄，楼下的城内河也有了春水，人工筑成的小瀑布水声如泉瀑，跳珠飞溅，水帘似玉。在这样春意阑珊的日子，我收到了邵丽兄寄来的她的签名本诗集《细软》。这是一本很优雅的爱情诗集，目录上第一篇就是《我想你》，我迫不及待地读了这首诗，一下子被邵丽的文笔感动了，这是一个痴情女子对爱人的倾诉，是一个浪漫诗人对爱人的私语。

它使我想到普希金的情诗、徐志摩的情诗。它是大爱铸成的结晶，是深情凝成的琥珀。

我想你
是一棵大树
我可以在树荫下

明媚地笑。

我想你
是一座大山
我能够在你的胸前
纵情地哭。

一个人只有在最亲爱的人身边，才可以放纵自己，才可以真实自己，才可以毫无顾忌地哭哭。

最后的倾诉更如突兀而起的奇峰，如灵感爆发的神来之笔：

我想你
老去的那一天
我期待
你老年人的顽劣
你重的或者轻微的痴呆……

那时，所有的往事
都像一把拐杖
拄着我们的幸福。

这样的倾诉，已是一种爱的盟誓，表现出一种爱情的极致。使我联想到叶芝写的一首名诗：

当你老了，头白了，睡思昏沉，
炉火旁打盹，请取下这部诗歌，
慢慢读，回想你过去眼神的柔和，
回想它们昔日浓重的阴影；
多少人爱你青春欢畅的时光，
爱慕你的美貌，假意或真心，
只有一个人爱你那朝圣者般的纯洁灵魂，
爱你衰老了的脸上布满的皱纹；
……

在这样的中外比较文学的观照下，可看出邵丽的诗作，有一种大家风度，有一种开阔的气质。古人说："诗者，根情、苗言、华声、实义。"这本诗是一本充满深情的诗，是一本语言诚挚的诗，是一本音节铿锵的诗，是一本意境唯美的诗，它已具备了古人说的这四种要素。书中还用铜版纸配了不少中外名画，更显得华美而高雅，好像读到了牛津版的董桥的书，里面不仅琦思如霞，秀句如珠，彩色的小插图更叫人生怀旧之情、高华之想。邵丽在后记中说：有批评者说，这些诗"太自我"，我却觉得"太自我"是本书的亮点。有言说："越是民族的，越是世界的。"我说："越是自我的，越是文学的。"一个作家不写自我的真情，去作虚假的编撰，是不会有读者的。写连你自己也感动不了的东西，你会感动得了别人么？而中外文学史上的传世之作，大都是作者的心血所凝、真情所铸。狄金森生前只发表过几首诗，她可说是一个自闭型的女诗人，但她的声名传遍了全世界。白朗宁夫人的小诗，李清照的小词，都是把多愁善感的"自我"展现给世人，而成为诗界的明珠。

读邵丽的爱情诗，使我想到普希金诗中那饱含哲理的句子，那一唱三叹的情调，都在扣人心弦、引人共鸣。这本诗集表现出邵丽的剑胆琴心，她的小说反映底层平民悲欢，是投枪；她的诗歌记录自己的内心情感，是竖琴——都是有价值的作品。她的签名也很有骨力，是很有个性的硬笔书法。读这本书时，窗外有不少工人正在公路边挖坑植树，他们种的是"红花槐"，这种树耐干旱，花期长，会挂满满一树紫红的香槐花，像是南国的木棉花，会红红火火地燃烧成一片红色的云霞。这是一种很个性、很美丽的绿化树，我想，邵丽的作品就像这种树，将来是会成为一道美丽的风景的。读后有感，哼成小诗，以赠邵丽：

中州多俊秀，才女出商城。咳唾吐珠玉，文采更缤纷。小说惊天下，悲悯写平民。帝京争选刊，名流竞题评。铁肩担道义，妙手著宏文。散文述沧桑，诗笔亦空灵。至情生佳句，琦思臻化境。词泻桃花水，锦织火烧云。吟诵如漱玉，逐水爱山春。曲笔写父老，歌诗诉知音。中原沃野旷，春回好耕耘，文风学鲁迅，文品追萧红。邵丽笔如椽，文名天下闻。荫园遥相祝，健笔更凌云。

假日闲读"毛边本"
——读罗维扬编《新文言》

国庆长假,家中赋闲,拣出小书,聊以消遣。架上觅得数年前从"毛边书局"邮购的一册毛边本《新文言》,遂卧床而读,读到会心处,常喜动颜色,与名士友,不亦快哉!

此书所选,多一代名家,分为"信函与启示""日记与自述""遗嘱与祭文""演说与讲义""报道与评论""杂谈与随感""序与跋""赋与记"等章节,从分类看出,编者匠心独具,眼光精到,其封底有广告语曰:"20世纪文言文中国读本。"

编者罗维扬,是很有名气的编辑,孙犁先生生前,在他的耕堂,曾向我介绍过罗维扬,说罗写过一篇关于孙犁先生搞编辑的论文,写得很认真、很细致。孙犁先生很看重自己一生从事的编辑工作,有人写了研究他搞编辑工作的文章,他感到很欣喜。他说:"这个人叫罗维扬,在湖北一个叫《古今传奇》的杂志社工作,也是个编辑,他写得下了功夫。"所以,当看到这本书编者名字时,我就毫不犹豫地邮购了一本。从本书选目中,也可看出编者对孙犁是敬仰的,他在书中特地编选了一个"孙犁小辑"。

本书代序选了伍立杨兄的一篇文章《文言与文言气息》。立杨兄饱览群书，他自己的文章就有文言气息，六朝小赋、唐宋华章、明清小品、佛道典籍，信手拈来。文气高华，真是"字向纸上皆轩昂"了。他在文中就说："文字的灵幻和魔力绝大部分来自文言。"又评说胡适："倡白话而止于白话，品难高矣！""写话的结果，是'不像话'。"

文言是中国历史的产儿、文林的传承、语言的精致、汉字的珠玉，我总觉得，一篇文章中有些文言的点缀，才会有文味，如一味白话文，则其文也如白开水，无色亦无味矣。读此书中之文，或抨击时政，或记叙曲折，或抒发胸臆，或幽默逗趣，皆能曲尽其情。杂糅熔铸，嗟怨讥弹，嬉笑怒骂，皆成妙笔，是一种很好的享受。书中既有学界名人胡适、周作人、马寅初、郭沫若之文，也有政要孙中山、毛泽东、周恩来、陈毅之作，还有文学名家茅盾、老舍、孙犁、齐白石、刘云泉的随笔。真是山阴道上乱花迷眼，华堂之上珠玉流辉。情怀哲思，熔词炼句，仿佛文林高手打擂，铺排出一幕幕的精彩！

有的篇章，以文证史，正气浩然，文字留香，如周作人当汉奸后，茅盾等十八位文化人《致周作人》一信，情怀激越，爱深而责切："先生此举，实系背叛民族，屈膝事仇之恨事，凡我文艺界同人无一人不为先生惜，亦无一人不以此为耻。""一念之差，忠邪千载，幸明鉴之。"其情殷殷其语铮铮，可谓动情晓理的肺腑之言。

毛泽东写于20世纪30年代的《致蔡元培书》，表达了"寇深祸急"之情:"河山将非复我之河山,人民将非复我之人民,城郭将非复我之城郭!所谓亡国灭种者,旷古旷世无与伦比,先生将何以处此耶?"后又循循善诱:"致国家于富强隆盛之域,置民族于自由解放之林,若然,则先生者,必将照耀万世,留芳千代,买丝争绣,遍于通国之人,置邮而传,沸于全民之口矣!"从此文可知,1936年的毛泽东,就有报国报民之志向、民族复兴之抱负了。而马寅初1927年的演讲《北大之精神》中昭示:"服务于国家社会,不顾一己之私利,勇往直前,以达其至高之鹄的。""欲使人民养成国家观念,牺牲个人而尽力于公,此北大之使命,亦即吾人之使命也!"忧国忧民、公而忘私,今日重提,仍不过时。如果大学培养出的也都是一批官僚、蛀虫,也就不成其为"高等教育"了。

书中也有不少有情有趣之文,如孙犁《生辰自述》:"中年以后,方知人生之险恶,高卑易处,乃见世态炎凉,勇怯由于势,爱憎出于私,与人为善,不必望善报,谨小慎微,未必得坦途。同情怜悯,乃青年期赤心之表露,身陷不幸,不可希求于他人。要之,不以生活之变化自伤其心,丧其初志,动摇其大节。其志士仁人之所能,为可贵耳。"这一段话,真可做文士之座右铭,凡人之护身符,是人生经验之谈,也是处世警世良言。

这本《新文言》,是一本很有味道的书,读之可明家国大义,也可得文艺之享,闲时翻翻,齿颊留香。其装帧则是典型的毛边本,也是可以赏心悦目之书,晴窗展读之"口袋本"。

才女周炼霞的《遗珠》

海豚出版社是一个新出版社,在太原新华书城见到一套"海豚书馆文库",分为六个系列,有原创文学,有海外文学,也有翻译小品、文艺拾遗,这套书的作者皆一时名士。书是窄三十二开精装小书,封面淡雅可喜,每本约六十万字,是一种小巧玲珑的"口袋本",我只选购了董桥的《彩墨呈祥》和一本《遗珠》。

《遗珠》是上海美女画家周炼霞的遗作,有小说,也有散文。她是一位才女,也是旧时闺秀,江西人,她给自己的书斋起名为"螺川书屋",又名"忏红轩"。我很喜欢读闺秀才女们的文字,不仅是因其有一种脂粉气,更喜欢的是那文心玲珑、秀骨姗姗,好句如珠,吐气若兰。这本小书收了她三篇小说、四篇散文。她的小说《遗珠》,写一位乡下童养媳进入上海大都市,变成了一位"摩登女性",她以姿色为资本,既当贵妇,又给人做"二奶",还在苏州养着一个"遗腹女",也即"遗珠",她用从容优雅的笔调,叙述这位"乡女"的情史,读来摇曳生姿,流利清新,连陈子善也称誉其是"40年代海派市民小说的上乘之作"。她的散文《女性的青春美》,以女性的目光,写女性之美,写得极有意趣:"一个女性的美,并不完全依靠着面容的娇艳;而更重要的,还有'丰韵'两字。所谓丰韵，实在难以形容，总之在顾盼行动之间，要有着活泼而又幽娴的态度，无论什么时候，无论什么人，一接触到眼帘就会感到诗意一样的美妙，又像吹着了和煦的春风，很自然地有一种心旷神怡的感觉。"她的文笔从容，又引用谚语作点睛之笔，感慨："好花只怕霜来打，好姐只怕孩儿拉。""呵！真是多么够人怅惘的事哟！"

周炼霞是个聪慧女子，她十四岁成为画家郑壶叟的弟子，十八岁就在上海卖画了。她擅画仕女花卉，有人评其画作"古雅奇秀"。

周炼霞在20世纪40年代就受到了文坛器重，谭正璧在1944年编《当代女作家小说选》，就选入了她的小说《佳人》。著名作家陈蝶衣说："周炼霞女艺人之文笔，毕竟是不同寻常的。"1956年，周炼霞应聘上海书画院，"十年浩劫"受尽折磨，后居美国。霞落海外，但她在当今国内文坛上已是尽人皆知的女作家了。

陈子善先生从故纸堆中觅得这颗文坛的"遗珠"，拭去岁月的尘埃，使其重焕华彩，再现珠光。陈先生说："除了她的字画在拍卖场上不断飙升外，记得她的人还有多少呢？"他把搜集到的她的新文学作品"合为一帙付梓，作为对这位诗文书画俱佳的绝代才女的纪念"。

我收藏的《红楼梦》版本

从小就听人说:"开谈不讲《红楼梦》,读尽诗书是枉然。"想这书一定是世上的奇书了,后来上高中,见语文老师拿着一本砖头样的厚书,书名《石头记》,是精装本,才知此书就是《红楼梦》。此书别名甚多,又名《金玉缘》《风月宝鉴》等。鲁迅称之为"清代人情小说"。再后来爱好上文学,听许多作家说,一年总要读几遍《红楼梦》,这部书又成了中国作家的《圣经》了。"文化革命"中,此书又有了新的光环,被称为中国封建社会的镜子,但我始终没读到此书。一次,有位朋友领着一位教授来到我住的小城,他向我介绍此教授时神秘兮兮地说:"红学家。"那时没有职称一说,仿佛一成红学家,就是学术权威了。后来,一位老人卖他的藏书,我和一个朋友买了他两麻袋,其中就有人文版的《红楼梦》,但这部书后被一女学生一借不还。一次,在一单位得到一本书,是《脂砚斋重评石头记》,但只有第一册,是上海人民出版社1975年2月出的内部发行的影印本,此书字迹清丽端庄,朱色套印批语,古色古香、美丽无比,我视为至宝,虽是残本,也慰情聊胜无了。后来又在书市买了一批《红楼梦》续书,有《续红楼梦》《红楼圆梦》《红楼真梦》《补红楼梦》《红楼梦补》《红楼梦新补》《红楼梦子弟书》《红楼梦说唱集》《增补红楼梦》《绮楼重梦》《红楼复梦》《红楼梦幻》《后红楼梦》《红楼解梦》《红楼梦影》等书，整整放了一书格子。后来又买了《论凤姐》《石头记鉴真》《曹雪芹小传》《曹雪芹在西山》等红学书。上网之后，红学书更是铺天盖地，我在孔网和"柏叶酒"买到了《红楼夺目红》《红楼梦的历程》，和南昌一网友买到《论石头记佚稿》，和"千红一窟"买到了《瓜饭楼重校重评红楼梦》、周汝昌精校《红楼梦》、《石头记会真》等书，在当当网买了列藏本《石头记》、郑庆山校本《石头记》，在旌旗网买了《红楼十二层》《红楼小讲》《红楼梦小考》等书。

不管哪个网，只要在书名检索中键入《红楼梦》或《石头记》，就会有好书结伴而来，我想，要是成立一个《红楼梦》博物馆，红学书也是会汗牛充栋、四壁琳琅的。以个人之财力，红学书是永远也买不完的。在信上和北京的书友桂升先生谈及，他说人文出的线装影印一函八册的《脂砚斋重评石头记》该是最好的版本，定价一千元，他本人购藏了一部。他认为中华影印的列藏本最差，字大丑陋。他藏有红学书两百多册，他觉得"论文写得最好的是何其芳的《论红楼梦》，无人能比"。比起孙先生和许多"红楼迷"，我真是小巫见大巫，但看到张爱玲晚年还那样迷恋红楼，写出了《红楼梦魇》，就觉得我生也晚，还是应该好好补补课的。说不完的《红楼梦》，《红楼梦》是不朽的。

柯灵先生和我的交往

在太原时，文友郭志刚对我说："柯灵的散文写得很好，你可看一看。"但因山中孤陋寡闻，很长时间找不到他的书，后来买到一本《市楼独唱》影印本，那是他20世纪30年代写的杂文，读来很感隔膜。后来零星读到他的文字，感到他很注重语言的锤炼，他可说是上海现代文坛的活词典，对许多文坛故事娓娓叙来，如数家珍。后来我读到他的《香雪海》一书，喜欢上了他的散文，但他的书当时出得不多，市面上很难买到。我的第一本散文集《山地风流》出版后，就给先生寄去一本，想让他指点迷津。他来信说：

杨栋同志：

> 承惠大作《山地风流》，至为欣幸。我很爱读你的散文，淡雅有致，文字极有功夫。如要苛求，是较感单薄，不耐咀嚼。这不是指篇幅，而是指内蕴。如能维持短小精悍的特点，而又足供读者低徊，有余不尽，就更好了。不知您以为如何？

此致，文安。

　　　　　　　　　　　　　柯灵
　　　　　　　　　　1991年10月20日

这之后，我们的书信往来频繁。

杨栋同志：

　　手书奉到。知有新集将问世，谨以为贺。写序文，则只好请你恕罪了。一则我的序文不会给你的文章增添什么，二则我年老力衰，自己还想写点东西，实在顾不过来了。嘱写字，我书法拙劣，徒然糟蹋纸张。我想你一定能谅解我的困难，不至误会我端架子，我也根本没有架子可端。"痴心为文"就是成功的保证，起点低，起点晚，都不足为病。窃以为你文章是写得好，路子是正的，我期待你的成熟与成功。《雅人习辉》清醇而有幽默味，剪报你自须保留，随函附还，请收。

　　祝，冬安。

　　　　　　　　　　　　　柯灵
　　　　　　　　　　1991年12月7日

杨栋同志：

　　深谢来信和寄赠的相片。看来你很年轻，已写散文近四百篇，笔耕之勤，于此可见。选集不一定要请人写序。我记得孙犁同志对你有几句赠言，说得中肯。预祝你更多和更高的成就。贾平凹同志曾在无锡有一面之缘，读过他一些作品，很钦佩他的才华，如见及，请致意。

　　祝，好。

柯灵
1992年4月16日

杨栋同志：

　　迭奉三笺，迟迟未报，念其老迈，谅之谅之。多承为文嘘拂，如沐春风，只是溢美太过，令人惶悚。此非矫情，盖如鱼饮水，冷暖自知也。生处僻远，我看未必即是一失，有失必有得，有得必有失，梨花村藏书室能办好，当受无穷之益，您以为如何？草草不一，即颂春祺。

柯灵
3月12日

杨栋同志：

　　大札和《梨花村读书记》均已拜读，辱承嘘拂，雅意可感，谨此道谢。我年迈笔涩，写作极少，为愧为憾。率此丰候，并祝，文安。

柯灵
3月23日

杨栋同志：

　　承惠大作《散文选》，收到已久。因正忙于准备到香港开会，今后返沪，又极疲惫，因此迟迟未报，请原谅。收到后即在百忙中读了《跋涉纪年》，我以为是一篇重要文章，有助于对大作的理解。率此鸣谢，即祝，撰安。

柯灵
1993年6月21日

杨栋同志：

　　承惠近著，谢谢。嘱写评介文章，实因年迈力薄，只得方命，想蒙见谅。此复，即颂，笔健。

柯灵
1993年6月23日

杨栋同志：

　　谢谢你的贺年片，谨在此祝贺你新年如意，有新的成就、新的收获。"梨花村书楼"征集函早就收到，我实在太老了，加以琐事困人，因此未复，只好请你多多原谅。新近刚出了《散文精编》，我写得太慢太少，有此一编，几乎囊括了我的短文，原想寄赠，现在你既已有了，我也不觉心中一轻。你大概不易了解，在我的年龄，跑一次邮局，并非易事。书信集原系北京中国文学馆一位同志应河南某出版社之约而编，因人事变化，久无音讯，我对此本觉没有意思，遂亦听之。草草，即祝，文安。

柯灵
1994年12月21日

他的书信集后来出版了，也收入了致我的信，我很感动。他对一个边城业余作者这样关注，每信必复，并送我许多珍本书，可见他对文坛后辈的热忱。"文革"之后，是他首先打破坚冰，向国内文坛介绍了张爱玲这位被遗忘的女作家，引发了"张爱玲热"。在他笔下，钱锺书、傅雷、夏衍、巴金这些文坛老人无不栩栩如生、光彩动人。后来，他和黄裳先生因文字而发生论争，两位几十年的老友唇枪舌剑，给读者留下一点遗憾；但在我心目中，两位老人都是可爱的文化人。孙桂升先生在一封信中和我谈到"柯黄之争"，也说："世界上根本就没有完人。隐私谁没有呢？只要不是品质和一贯的，其实都没什么。"柯灵先生逝世后，他的六卷本文集出版了，我从北京邮购到一部，放在书架上，每每看到就想到老人对我的关心，书屋也就像春天般温暖了。

张中行先生的书

张中行先生是晚年才爆响文坛的，我在各地书店陆续买到他的《负暄琐话》《续话》《三话》《四话》，他的这四本书，被人称誉为当代的《世说新语》，书中所写均文人肖像、文坛轶事，读来像听人讲故事、说野史。张先生在人民教育出版社编书，他编的那部《古代散文选》，我特地买了一部精装本，从中受益匪浅。喜欢上他的书后，我四处求购，买到他的旧著多种。我的一本散文集出版时，想求他写个序，他来信婉言谢绝了，我也很理解他的心情，后就不请人作序了。再出新书，自撰一序，有话则长，无话则短。我觉得他在信上说的是有道理的：

杨栋先生：

　　九月初六札及大作若干篇均收，并抽暇将大作大致读一过。嘱撰序之事，虽感荣幸，却颇为难。盖多年以为，撰文不应说门面话；如是，则写序即当深知人及其文。关于此，窃以为都嫌不足。如勉强下笔，则不能不说些架空话，这就既对不起阁下，也对不起我自己。所以不如就近求相知之人执笔，不知高明以为如何。

匆匆，即颂文祺。

张中行

1992年9月15日

其后，我们又频有书信往来。

杨栋先生：

本月24日手教及大作数篇均收，知日前之失礼竟得阁下之体谅，惭愧莫名。以此，敢再一诉不情之衷曲，盖今世率尔操觚者，不少以乱写序招摇，鄙未识荆即为序，恐高明知而齿冷也。然乎否乎？愿先生鉴之。

匆此作复。

张中行

1992年9月30日

杨栋先生：

赐贺年佳片均收。承不弃拙作，尚希匡其悖谬以开愚蒙也。大作何时印成？深愿有缘能洛诵之。

冬寒，祝体笔并健。

张中行

1992年12月16日

后来，我求购他的新著，他又来信介绍给我一个书店，我买到他不少新著。《流年碎影》一下买了两本，赠送了书友丁放鸣一本。他还应约为我写了一张条幅："草迷金勒马，花映玉楼人。"这种意境真是公子情深、佳人意重，可见先生也是一个性情中人了。他先后又来了几封信，谈书谈文，显示出老人待人接物的宽厚之情。

杨栋先生：

  本月17日大札早拜收，知不弃拙作，甚感愧。闻将惠赐大作，特致谢。买拙作，请便中与所附之书店联系，彼处卖我所著，但有些早印者亦无也。索涂鸦，昨写一纸，寄上献丑。

  匆匆，即颂，文祺。

张中行
1992年7月30日

杨栋先生：

  上月底大札及评拙书之大作皆拜诵，至感佩。《顺生论》早交中国社科出版社，他们说争取今年四五月出版，但我国如意总是迟迟其来，其言能否兑现殊难知也。并奉闻。

  匆匆。颂文祺。

张中行
1993年1月6日

杨栋先生：

　　本月12日手教及大作《乡土纪事》均收，谢谢。记得上次收到大作散文选，亦曾复信致谢，竟未送达？阁下散文题材广泛，足见情趣之深厚，可佩可佩。不才精力目下，而冗务不减，大作当抽暇细品味也。

　　匆匆，顺祝文安

张中行拜
1993年6月22日

　　后来，他还应约给我收藏的《负暄琐话》签了名。有一次到北京想看望他，但在沙滩给教育社打电话，办公室人说他回家了，终是缘悭一面。他的书我基本买全了，许多人知道，他的专著《顺生论》也是一本极好的人生修养之书；他的《诗词读写丛话》中有他自作诗词——现代人写诗达不到那样的高度了。后来他出的书就有了重复，出版社发现他是摇钱树，竟相为他编书选书，选本出得太多，也就失去了读者，但他的作品确实是很有味道的散文，尤其他写人物的那些篇章，真可谓是当代文化人的一组群雕了。

谢泳送我新书《学人今昔》

我与谢泳是1994年在高平认识的,此前常常读到他的文学评论,知他喜欢论学术,但想不到他那么年轻。他是1961年生,1983年毕业于晋中师专英语专业。他现在已声名大噪,网上有他的个人网站"谢泳居",而且去香港讲过学。

他搞学术研究,走专题之路,出版过《西南联大与中国知识分子》《逝去的年代——中国自由主义知识分子的命运》《清华三才子》等书。他也喜欢书,有次我到太原,他专门陪我到南宫旧书摊淘旧书。我们之间可谓是气味相投的。那次高平会结束后,我给他寄了两本我新出的散文集,他很快回信了:

杨栋兄:

手示及大作两册均收悉,非常感谢。尊作匆匆读过,感觉是很好的。此前我从韩石山兄处知道一点你的情况,此次高平晤面,未及细谈,很是遗憾。

关于你的散文写作,一般的意见我不愿多说,只想说一点,光写散文难以立足。散文只能是副业,不可专求,凡散文大家必在散文之外有更重要之专业,无一例外。你今日的散文成就已很可观，但由于你在散文之外，无固定专业，所以影响也局限了。同样的散文成就，如你另有其他靠山，如小说、戏剧、学术研究等，人们又会用另一眼光来看待你。我意你可在不放弃目前写作的前提下，择一专业，精心研究，让散文写作退居其次，这样反而更易于散文的成功。由于是朋友，话就直说了，想你不会见怪。有机会来并，请到寒舍一叙，我在东二条住，随便一问即知。

  谨颂，文编两安。

谢泳
1994年9月16日

  后来，我手边有《学术集林》，我只是闲览，想他会喜欢，就寄给了他，他又来信致谢。他调到《黄河》任副主编后，也来信约稿，并建议我写几个文坛上的人，我于是写了《文坛三老》寄给了他，他回信并送了我一本曹聚仁的《书林新话》。

杨栋兄：

  新年好！你关于三老的文章本拟二期刊出，但今年要连发几个长篇，只好容后安排，发是一定的。见到你求购"书话"，此类书过去我差不多都有，但有一位朋友特别喜欢黄裳的书，我也就多送了他。我的书除搞研究外，不用的，朋友来拿也就送了。

从书柜里拣出一册曹聚仁的《书林新话》，不是太好，脏了些，送你留存吧。何时来并，我可再拣出一些送你。山西爱书人不多，我是很注意你的书的。可惜前次高平一别，匆匆即是两年。当时也未及细聊。

　　此颂，文安。

谢泳
1996 年 1 月 18 日

我后来新出一书，想求马烽先生写个书名，因我不能前去，又写信求他代我去求，他和马老都住在省作协大院，他复信说：

杨栋吾兄：

　　你真给我出了个难题。我在作协十年从未和马老说过一句话，所托之事，实在无法应命，请谅。另外，我意不一定要找马老，因马老政治色彩浓，反而与书与人未见得有好处。我意还是找孙犁先生好，或者从碑帖中集几个字亦可，不知以为然否？区区小事，无从应命，实在惭愧。

　　顺祝。

谢泳
1997 年 1 月 20 日

他对朋友们也很热心，上海一位书友林兵想收集作家地址，他又来信让我帮忙，我将和我有交往的作家介绍给了这位书友。湖南周实兄写了一部《李白传》，求他写评，他忙，也委托我帮忙写一篇。他出了书，都要送我一本，他的书很有思想，我曾写一读后感，发在《山西日报》上。他见到还专门来信感谢。

杨栋吾兄：

　　接奉手示，备悉一一。书稿事我当尽力，有消息一定及时告知。拙稿书评，我已见到，热情可感，容后补报。

　　大作《文坛五老》已刊今年五期，本月25日出刊，尊作延滞一段，不周处尚请原谅。何时来并，请到舍下一叙。

　　顺颂著祺。

谢泳
1996年9月7日

杨栋兄：

　　手示及尊作均收悉。尊作已分送各位朋友，勿念。

　　今有一小事，请帮忙。

　　上海一位朋友，喜欢收集作家的签名本。这位朋友帮我买过书，他有一个关于作家地址的表格，请吾兄在忙中帮助一下，我这里很少和他们联系。表尽可能填，但有多少算多少。然后直接寄给这位朋友，添麻烦了。有时间到太原来，请和我联系。

此颂，文安。

谢泳
1996年9月18日

杨栋吾兄：

手教及惠书敬悉。其中一册，已转国涛先生。

我有一册小书存书很多，因为就没上市，过几日寄两册给你。我年内印了一册《学人今昔》（长春出版社）还可以，届时当奉上指正。常联系。尊作留我处，容后安排。

祝，文安。

谢泳
1997年8月18日

我那年出了一本新书，不想一一寄省作协文友，便想了一懒法子——签了名一起寄他，请他分发，他为我当了一次收发员，十几本书都送到了朋友手中。蒋韵见到我说："你来太原了？我的收信箱中放着你的赠书。"我说："我是让谢泳兄为我分发的。"谢泳兄曾来过小城一次，我陪他到灵空山转了一天，他对山里很喜欢，觉得比城市空气好，更适宜人们高质量地生活。我自制了八枚藏书票，他很喜欢，来信谈及，我就又寄了他一套。他来信说：

杨栋兄：

　　手教及尊作敬悉。尊作已分赠其主。勿念。

　　藏书票八枚，我仅见三种，甚好，其余五种，乞便中惠寄一枚，以饱眼福。近年喜欢藏书票的人很多，也是文化繁荣的表现。长春出版社近日出了我一本《学人今昔》，样书到后寄奉，如在书市见到，千万别买。有机会来太原，到舍下一叙。

　　顺祝，文安。

谢泳
1997年10月4日

　　谢泳是个有个性的人，朋友们传他不加入中国作协。他的文章也有不少书生私见，他所研究的东西，都是敏感的课题。他是要担一定风险的。我和友人开玩笑说："假如遇上运动，他怕是山西最大的'右派'了。"但他的情怀是热爱民族、热爱国家的，他继承了鲁迅、陈寅恪、吴宓这些学人的风骨，"我爱我师，我更爱真理"。他的书和文章，在大学生中是很有市场的。

　　"莫谓书生空议论，头颅掷处血斑斑。"他笔下的那些知识分子，都如击筑而歌的壮士，在他的发掘下，闪现出动人的光辉。他的学术是为国为民的学术，学术为天下公器，他对中国知识分子的研究，必将有益于世道人心，必将影响于现实和昭示于未来。这样说来，他也是一个敢于"盗天火的人"了。

香港买书记

4月里去了一次香港，很想跑跑香港的书店。22日是个阴天，早上七时起床，泡"康师傅"一碗吃了当早饭，就去逛香港的书店——昨日与导游请了假，放弃去迪斯尼乐园，专门想看看香港的书店。八时半出门去访书，来香港前曾看了几个书友的香港购书日记，又下载了一张《香港购书地图》，从卫东兄日记中知他是在铜锣湾淘书的。

九时半到了铜锣湾，当地人说，书店要十时才开门，就决定先去天地图书中心看看。坐地铁去了湾仔，顺路标找到庄士敦路30号，在书店招牌下留个影，就去淘书。书店在地下一楼，店面很大，各种图书也多，我有一个宗旨，有关政治的书不看，有关风水的书也不看，有关财经金融的也不看，有关武侠言情的书更不看，专门到了文学柜台，挑了阎连科的《四书》，古苍梧的《旧笺》，又花一百四十元购了《张爱玲学》。另有一本《我的邻居张爱玲》，是九州出版社出的，在这里也放着一本，原价二十八元，港币花了四十八元。读《张爱玲年谱》，知道此书作者在美国为采访张爱玲，专门到张爱玲住的公寓租房当邻居，并将张扔的垃圾袋捡回，分析张的日常生活、张的嗜好，逼得张只好搬家。为采写一位作家而费此心机，可谓煞费苦心，于是我就想读读此书以猎奇。买到后拆开一看，书中只有一篇写张之文，不禁大失所望，此书真是"拉大旗作虎皮"了。山中读书不便，便做了一次"出口转内销"的傻事。到美术书架，虽有《丰子恺彩色画册》，但价太贵，终于没买。书架上也有《情色》《蒲团》之类荤书，还有"文革"时大陆手抄本《少女》，但怕违禁，都没有购买。架上亦有香港作家董桥的书、陶杰的书，陈之藩、刘绍铭、西西的书，但以前已都在网上淘到了，也都没买。

在香港书店虽匆匆一瞥，但感觉很舒适，书店开架售书，读者很文明，店中没有一丝噪声杂响，架上虽有不少媒体炒作的书，但读者甚少，倒是纯文学书架前，读书者还不少。香港读者都很有素质，有理智，有选择，并不是见书就买。我去付书款时，见到有位风度翩翩的中年妇人也买了一本书，细看是一本三毛的书信集，便和收银员说也想查看一下这本书。收银员说："您去55号书架最上一层就能看到。"过去一看，果然是三毛作品专架，取下一看，书中有新增书信五十多封，遂也买一本。天地图书中心对一些名作家都有专架、专格，这对名作家是一种礼遇，如亦舒专架，莫言、高行健也都有专柜，也有不少章诒和、北岛、韩寒、阎连科的书，但都翻过，就不再买了。也有黄裳、汪曾祺、贾平凹、迟子建、王安忆的书，也都是国内的翻版或选本，也不再买。虽然因淘书放弃了迪斯尼游乐的项目，但能逛一天书店，对文化人来说，就是在游览自己精神上的"迪斯尼"了吧。

扬州淘书记

3月里去参加"烟花三月下扬州"国际文学笔会，心里放不下的仍是淘书梦。去年曾在此邮购《越缦堂读书记》一部，就想扬州自古繁华地，文化教育也一定繁荣。

"打的"去访书，上了鸿国书城，五楼，果见一大图书超市，品种很多，大多是新书。看到有新出的各种《红楼梦》，各种世界名著，但大多已有收藏，遂兴趣索然。在散文架上见有花城出的《经典散文译丛》，选了一册《美洲游记》。这套书选题不错，已大多收藏，其中的《钓客清话》《塞尔澎自然史》《昆虫记》，都属消闲之妙品，译文之精粹。在扬州专柜上，买了一册《扬州诗咏》，来到扬州不收一点扬州文史书，真有些说不过去。在美术书架上，惊喜地发现了胡永凯一幅彩画集，胡的画风格如漫画，色彩如梦幻，甚合吾口味，虽贵了些，也急忙选了一本；遗憾的是买不到他的《金瓶梅画集》一书。又找到《中国龙纹图谱》《凤凰造型艺术》，我正研究龙凤文化，见龙凤之书必购。加上《画猫技法》，单美术书价值已达百元之多。在书架前浏览，发现有一册《贾平凹长篇散文文选》，以为平凹兄又出力作，打开一看，选的是《商州初录》《老西安》等旧文，遂未购买。在外国文学架上，意外看到一册网格本《约婚夫妇》价仅二十九元，但几天前，我刚从网上花近六十元购得此书，便未再购，走后想起却抱憾而归。结账时见许多人都打折，便也请女营业员给打折。女子曰："人家都是会员，不是会员是不能打折的。"我说："那就按规定办吧。"女子见我难堪，又热情地说："你摸个奖吧，也许能摸到。"我便在旁边纸箱内摸出小票两张，是两个"五元券"。女子说："这不也给您打折了么？"

到街头又打听着找到市新华书店。店分四层，书皆大路货，见到定价二百四十元的《扬州历代诗词》降为五十元销售，很想购一部，但千里捎书，颇为拖累，就未敢问津。在一小角落，又见到有河北教育社出版的《东瀛美文之旅》，此为叶渭渠先生主编，也选六种购之。虽对日本这个民族很反感，但对其好的文艺，还是喜欢的。松尾芭蕉的俳句、樋口一叶的小说，毕竟是不能和武士们的东洋刀同日而语的。

新上架的书还有韦明铧的《淮扬优伶》《扬州文化谈片》，前者为文史考据，很枯燥；后者则已收有三联版，也未再购。买书的欲望是越来越自我压抑了，买书的眼光也是越来越挑剔了。有新上架的巴别尔《骑兵军日记》，知为跟风出版，也不购；倒是想买他的《敖德萨故事》却怎么也找不到。有一本精装《扬州方言词典》想要购买，营业员却说是"非卖品"，是当作地方文献来展览的。

次日中午，听文友说扬州大学附近"先锋书店"很有名，书的品位也很高，是为大学生服务的，遂打的又去。司机说："我一定拉到你地点。"谁知司机却把我拉到了"文汇书店",司机说:"你慢慢去找吧。"心里虽然生气,也只能漫步街头寻觅,心想这才是"问道于盲"了。自己转着找到了那间小店,小店只一间门面分二层楼,过道里展示有"先锋藏书"二架,看到里边皆精品书,有本精装网格本《约婚夫妇》,让我徘徊了好久。店里皆学术书,忽现一套《钱牧斋全集》,我却以前就买了其《有学集》《初学集》,只好割爱。倒是看到一本《日本志》,跃跃欲试想买,想从中了解下岛国的历史地理,但看表已是集合时间,便未能买到。

扬州二日,跑了两家书店,旧书摊则很难找到,有朋友说:"扬州还有一家古籍书店。"我也知道这里有专出古籍的广陵书社,因而定会有古籍书店;但因时间紧张,便只能依依惜别了。人也是爱读书的人多,所到书店皆读书者济济。

泉城赠书记

数年前，在网上得知，居于泉城的赏石专家贾祥云先生，历时数载编成一部奇书：《中国赏石大典》。此书从1994年3月拟选题，到1999年成书，经历了五个寒暑，编委成员遍及全国，赏石文章兼收海外。内容融史料、理论、鉴赏于一体，全书四十多万字，两千多幅图片，称为"大典"，名副其实；赏石藏石，可做顾问。

我因喜欢藏石，就想购买一部，置之座右，闲时观览，以增新知；遇到难题，可启愚蒙。但跑了许多书店，终是难觅芳踪，几次网上订购，卖家都告"售缺"。无奈之下，在给贾先生去信时谈了想一睹为快的意愿——贾先生是主编，或许室有存书，可以分惠于我。可贾先生回信时说，此书出版已久，他自己也没存书了；先生古道热肠，在信上答应以后帮我找一部。

我对此书的向往，自此好像着了迷一样，每每上网，就搜一次。一次偶然搜到此书的电子版，我不会下载，专门请了一懂电脑的青年，他一会儿就为我下载了一部。我在电脑上，津津有味地浏览了这部书，书中文字，雅俗共赏，以石证史，令人茅塞顿开；彩图如画，养心养眼，奇石珍粹，美轮美奂。总算满足了读此好书的心愿。今年五一放假，我专门奔赴徐州，花几千元买了两块灵璧石。回家之后，下午，邮局也送来一件邮包，沉甸甸如一块城砖，让儿子轻轻打开，竟然是贾先生的赠书到了——大红套盒上洋溢着一股喜气，一个花钱肖形印状如铜镜，古色古香，扉页上有启功先生题字"用心听石，可聆天籁"，书法家刘雯题词"奇石百态，灵岩万象"。贾先生题长跋曰：

> 杨栋先生欲寻拙著《中国赏石大典》，无奈时日太久，已无存书，遵嘱四方出动，八方求援，天不负人，终于从湖北石友中得到一本，甚为欣喜！总算了却一桩心事，还朋友一个愿。书虽陈旧，但一砖一瓦，保留了一段记忆，一种理念和情怀及我的活动足迹。在这百花齐放的时节，愿她到梨花村里觅知音吧！
>
> 贾祥云
辛卯年五月于云岩书屋

古人云：一言既出，驷马难追；恪守诚信，一诺千金。贾先生年过花甲，又为我觅书，又千里传书，真是让我感动不已了，想及贾先生，真是今之古君子也。

我坐在那块巨大的灵璧石边的藤椅上，泡了一壶蒲公英茶，打开这本大典细细欣赏，左手翻奇书，右手抚奇石，一时神清气爽、心旷神怡。那灵璧石凉丝丝的，如有一股灵气冉冉升华，入我脏腑；而这本书又豪华精美，图文并茂，我一时快活如做了神

仙。想到书生之福,莫过如此,遂哼成几阕小诗以谢远在泉城的贾先生:

一

四月柔柳斗舞腰,花絮如雪满院飘。
泉城千里鱼书至,一卷奇石慰无聊。

二

玉轴牙签不为娇,唯喜奇石伴花朝。
梦想成真喜滋滋,手抚大典乐陶陶。

三

匀翠裁碧淡抹银,奇石斑斓梨花村。
忽有奇书天外至,胜伴红袖意朦胧。

四

闲居山中井蛙隐,也有云帆沧海心,
开卷更感情谊重,总是先生爱后生。

张爱玲的"语录"
——读《张爱玲私语录》

在网上见到香港出版了一本新书,叫《张爱玲私语录》。书中收录了张爱玲的"语录",这些语录不像《毛主席语录》《鲁迅语录》一样,是人们从其文章中节录,这些语录,是张爱玲的朋友邝文美平时与其闲谈,回家后又随手记下,多少年后才整理问世的,一方面显示了文美女士是个有心人,另一方面语录原汁原味,显示了生活中的张爱玲,也是才华横溢,性情真率,出口成章,妙语如珠。这样的语录,是研究张爱玲的第一手资料。

我在当当网、卓越网、孔夫子网求购,均未找到,一日上淘宝网,竟有许多在线销售,一本价才五元,加六元运费,共十一元,而本书定价就是二十八元,想这么便宜的书,肯定是盗版书;但有人盗版,也是"慰情聊胜无"。儿子在淘宝有支付宝,我让他为我订了一本,收到后果然是盗版书,纸张粗劣,别字连连,但还是很有兴味读了一遍。

这本书分四部分,一是邝文美写张的文章,"我所认识的张爱玲";二是宋淇写张的"私语张爱玲";三是张爱玲语录;四是张与宋淇夫妇的通信。据介绍，他们的通信有六百多封，四十多万字，正在整理，将来问世，必会让"张迷"们兴奋不已的。我最喜欢的是"语录"，从中看出张与她的闺中密友无话不谈，也反映了张的性情，她的读书兴趣。

"喜欢看张恨水的书…也喜欢看《歇浦潮》这种小说。""喜欢看王小逸的书，因为没有真实感，虽然写得相当流利，倒情愿看《野草闲花》之类的小说。""我一生只甘心情愿地买过一部书《醒世姻缘》。"

她对《红楼梦》情有独钟，在语录中说："我们下一代，同我们比较起来，损失的比获得的多，例如，他们不能欣赏《红楼梦》。"她很爱书，说："我喜欢的书，看时特别小心，外面另外用纸包着，以免污损封面，不喜欢的就不包。"她还说："书是最好的朋友，唯一的缺点是使我近视加深，但还是值得的。"

在语录中，还透露出她对"遵命文学"的不满，她受"美新处"委任写一本宣传反共的小说《赤地之恋》，她自己也觉得是败笔。

"写《赤地之恋》……大纲公式化——好像拼命替一个又老又丑的女人打扮，一要掩掉她脸上的皱纹，吃力不讨好，一样替人化妆，为什么不让我找个年青的美女做对象？"可见她写这部小说是不情愿的。她幽默地说："这几天总写不出，有如患了精神上的便秘。""我写《赤地之恋》，却是旧瓶装新酒，吃力，冤枉。""有时《赤地之恋》实在写不出，我才看出别人为何不肯写作，任何人都有理由不写。"从这些私下谈话可看出，她并不是人们所说的

"反共作家",实是有些"既在矮檐下"的无奈。她感慨地说:"写小说非要自己彻底了解全部情形不可(包括任务、背景的一切细节),否则写出来像人造纤维,不像真的。"

她以前的文笔是灵动的,她自己在闲谈中说:"'通灵者'——从前胡兰成就说我写的东西'有鬼气'。我的确有一种才能,近乎巫,能够预感事情如何发展,我觉得成功的一定会成功。"她的语录也有许多对生活的俗趣,她说:"我小时候没有衣服穿,后来有一阵拼命穿得鲜艳,以致博得'奇装异服'的美名。""每次我看见你指甲上涂的粉红,总看个不够,觉得真美丽。"

她的话表现了女作家也是女人,也爱美,爱衣服,爱化妆,甚至喜欢一个别致的卧室——她赞美宋氏夫妇的卧室曰:"你们卧室的小露台像'庐山一角',又像'壶中无地'。"这使人想象那是多美的神仙境地。她有宋氏夫妇这样的朋友,才写下了这本别致的书。还用她的话说:

"好朋友,可以说是精神上的兄弟姐妹。"

读她的语录,感觉她不庄严,不做作,不作秀;从语录中感觉:她更是一个俏皮的女人,善解人意的女人。

珍贵的《河曲民歌采访专集》
——河曲的民歌

在孔夫子旧书网见有人拍卖河曲民歌的书，便立即点击，并有幸买到了，这是一本中央音乐学院民族音乐研究所编的书，书名是《河曲民歌采访专集》。

编者介绍："河曲农民所唱的'山曲'，绝大部分和他们的身世经历有关，他们所唱的民歌，实际上就是他们心里的声音。"这些山曲里，"有离别的凄切，有生活的哀愁，有沉痛的怨恨，有愤怒的诅咒，有纯洁的爱悦和仰慕，有钟情的相恋和相思"。河曲民歌，内容以反映爱情者居多，大概是因为那片大地比较贫瘠，在旧时代，那里的男人都要离开妻儿"走口外"，到内蒙古一带打工挣钱以养家糊口。长久的离别，是爱情的培养基；刻骨的相思，是恋情的催化剂，于是那里的民歌就成了爱情的咏叹。如写男女相思：

大青山上卧白云，难活不过人想人。
一对对枕头花顶顶，一床床盖体半床床空。

风尘尘不动树梢梢摆,哪股风刮回亲亲来?

有的山曲则写包办婚姻的不幸,写女性的悲惨生活。写女子对爱情的渴望:

茄子开花结了紫洋缎,嫩豆芽芽配了个死老汉。
白泥墙上抹了一把黑,寻上了灰小子有还不如没。

有的民歌写寡妇生活的痛苦:

春天蓝天那紫蓝蓝天,老天爷爷害人没有深浅。
半崖崖开花半崖崖红,你把我闪得两世人。

有的民歌写姑娘的俊美,写女子们的聪慧:

要穿红来一身那红,好比太阳刚出宫。
红豆豆小嘴白格生生牙,毛葫芦芦眼眼呀该叫哥哥咋?

远远照见那是个谁,那就是要命的二小妹妹。
人在那外前心在家,家里头丢下一枝花。

河曲的民歌词句多用叠字，歌词穿插土话，特别有地方特色，原汁原味，如"毛眼眼""灰小子""灰鬼""死老汉"。也有的是写婚外情、串门子、打伙计，但歌词大胆热情，优美动人，叫人同情"有情人难成眷属"：

青石板栽葱扎不下根，心中的亲亲合不上婚。
墙头上画马不能骑，小妹妹怎好也是人家的妻。
打高墙头喂恶狗，管不住小妹妹为朋友。

河曲民歌里最多的是"想亲亲"一类的曲儿。

前半夜想你关不住门，后半夜想你吹不熄灯。
前半夜想你翻不转身，后半夜想你等不到明。

想亲亲想得见不上面，白脸脸想成生黄片。
想亲亲想得吃不下饭，心火火才把嘴烧烂。

这本书是真正的采风之作，是1953年采访队花了三个月时间，深入河曲的巡镇、五花城村等村镇进行采集的，仅歌词收集到四千五百多首，"二人台"小戏四十五个。可见，河曲是民歌的宝库。这本书中附有几张照片：有采访队在崇山峻岭上跋涉，有工作人员和老歌人记录——使人感到，建国之初，百废俱兴，文艺工作者也是真正地去深入了生活，才采集到这么鲜活的"果子"。

书中介绍，当地人对爱情追求热烈、真挚。过去，正常恋爱是不允许的，封建礼教束缚了人们的恋爱，于是只好采取不正常的方式"为朋友""搭伙计"；也有的是因经济条件不允许的。

> 买不起马子买一头牛，娶不起老婆为朋友。
> 这一遭没寻上个好男人，凭亲亲活两天能不能。
>
> 咱二人相好一对对，铡刀砍头不后悔。
> 人人都说为朋友好，为朋友为得我心惨了。

这些撕心裂肺的民歌，是一个时代的记录，现在开放了，这种现象该消失了吧。时下有了多媒体，青年男女或唱卡拉OK，或听"随身听""组合音响""家庭影院"，这种民歌也成了世纪的绝响，飘逝的绝唱了。但那种风味，那种野性，那种缠绵悱恻的情调仍会感动很多现代人。"河曲民歌"是现代版的国风，是白话文的《诗经》。

这本书后记中也称誉，河曲民歌是民族的"文化财宝"。

姜德明的《王府井小集》

《王府井小集》虽出于1988年，但在网上已拍到一百多元。我以百元之价从北京一书友处购得此书。我放在枕边读了三天，书中记京华，写亲情，叙旧事，说人物，谈书事，皆带着感情在写，而且姜先生绝不"为赋新诗强说情"，只是白描手法，如实道来，使文章无滥情之弊，无堆砌之词，一切都是清水出芙蓉，天然去雕饰，文字简洁，语言朴素，是散文中的极致。

近读谢其章先生《终刊号丛话》后记，他说："我与止庵先生有一看法比较接近，都比较反感'抒情''浪漫'一路的文字……都是拒绝使用感叹号的。如果有感叹号，定是编辑擅改的。"姜先生此书即有许多有情之文，但他的情没有"无病呻吟"，他的深情都隐含在了文字之中，如《烧书记》结尾，他的心爱珍藏被化为灰烬时，他以冷静的文字写无声的哀痛："火光重蒸着我的脸，我感到脸上被汗水湿润了，也许还流出了泪水，我有些奇怪，是让烟呛的吗？"男儿有泪不轻弹，只因未到伤心处。读到这里，我们也为他的烧书而心中落泪了。又如《妻与子》结尾，他写从儿子家回来过马路的情景："我这样想着，把妻子挽得更紧一点，谁知她此刻心里到底在想些什么呢？""相濡以沫"的夫妻之情尽在不言中了。

　　他对散文创作也有独立的见解,对"凡是散文必应有哲理"的说法不以为然。他说:"写散文还是应该讲朴素最美,这不仅在语言表达上要求如此,且是在散文的思想内容,或基本品格上都要讲求朴实,要有生活,要真实。"他的这本小书是他这一论点实践的产物,每篇文字都干干净净,朴实无华,却情真意切,无比动人。我上学时读过郭沫若的《女神》,诗中词句可谓激情燃烧,也读过不少作家的散文诗,许多爱呀死呀的抒情叫人发蒙。我也写过一些散文诗,但看得多了,就感厌烦,真水无香,好花不艳,真正的文学必是大味必淡、大美若拙的文字。

　　读孙犁、黄裳、姜德明等人的文章,叫人感到无技巧是大技巧,无抒情是大有情。这本《王府井小集》也是一本很纯粹的散文集,这样的文字如同布衣菽麦、五谷杂粮,是会常食常新的,也是会传之久远的。

淘书遭遇复印本

前几年上旧书网,见有卖旧书《花木小志》的,订购来时,却是十几页复印资料,此书号为"网上孤本",其实就是"复印本"。后来,一直想买一本孙机先生的《古代舆服丛谈》,在淘宝网、卓越网都有售,但订货后店家都声明是"复印本",就退订了。那么厚的书,那么多的图,真不敢想象,复印出来是什么样子。还有一次,想买一本《中国奇石大典》,但卖家也说是"复印本",就退了。奇石看的就是那彩图,如用黑白色复印出来,还能看到奇石的神韵么?

我的文友吕新,出过一本短篇小说集《山中白马》,被称为"孔网大缺本",网上的书一本要七百元,有一人卖一百四十元,但明白标为"复印本"。好几年想买乔叶的一本散文集《迎着灰尘跳跳舞》,但许多网都没货。一次在淘宝网上见有,让儿子订上后,店家又说是"复印本",就退货了,心想,现在的人什么事也能做出来,一本书,也值得费那么大劲去复印么?一个朋友说:这卖复印本的,有不少是在图书馆、资料室工作,他用的底本不用上税,不用付稿费,复印机和纸张也是单位的,印一本书是无本求利,所以,复印本才多了。我说,那些复印本,其实就是

"盗印本"了。但有些稀见书，能买到复印本，也可叫人猎奇一下。我花一百二十元买到一本《思无邪小记》，这是一本关于性爱的笔记综录。买到之后，冬夜闲览，有"雪夜闭门读禁书"之乐；但那复印本总是差，蝇头小字，漫漶不清，字迹墨涂，模糊难辨，如同鸟迹虫文，读一段落要在台灯下细认许久，像是考古工作者，在整理出土的帛书，辨认古代的遗文了。

有一次想读法国作家埃梅的小说，在网上订了一本书，到了时又是"复印本"；但总算能读到了，也是慰情聊胜无了。听说湖南作家谢宗玉写的《遍地药者》不错，就想购来一看。孔网上卖过，只要十来元钱，但此书也缺，就又上淘宝淘书，二十二元让儿子代购一本，店家留言说是复印本。儿子问我："要不要？"我说："要了吧。"能看看复印本，也比看不到要强。儿子说："这个店里有几万种复印本，只要你要，他马上就能复印。"现在科技发达，网上有人还开展出书业务，三本以上，他们就能给你印制。但读这样的复印本，总感到不愉快，一是书品不佳，如读盗版书，二是总有点感到对不起作者，好像是偷看别人的东西了。三是对售书者有些反感，看这样的书，其实是纵容和助长了投机的书贩，扰乱了图书的市场。几年来，我买了有六七种"复印本"了，我买这些书只是为了读，但这种书现在也成了一种另类的版本、另类的藏品了。

时下的文化，真的成了一种产业了。但对着我书桌上的复印本，真有些鸡肋之感——食之无味，弃之可惜了。

梅娘与赵树理

2005年10月14日,在北京召开的"民间读书报刊研讨会"上,我见到了老作家梅娘,她穿着紫红色的羊毛衫,外面披一件紫檀色的中式丝质外套,显得雍容华贵,流光溢彩。她的头发已经花白,但精神特别好,忙着给人们签名,和作者合影。

我也过去和她交谈了一阵,当她知道我从山西省长治市来时说:"我也到过长治。"我给她留了一张名片,并合了影。

从北京回乡,我买到她一本《梅娘近作及书简》,书中收有她写赵树理的两篇文章,从文章中看出,她对赵树理很崇敬,她在《回忆赵树理》一文中记述,1952年春天,她到晋东南平顺县川底村体验生活,正好作家赵树理也在这儿,赵树理安排她住进一个干干净净的窑洞,可窑洞里却放着一口白木茬的棺材。赵树理幽默地拍着棺材盖子说:"多好的桌面,平整光滑,写起字来保准顺手!"赵树理见梅娘犹疑,便坦率地说:"实话告诉你,社里找不出一张桌子供你使用,这里一向木材珍贵,战争中支前又毁了个罄尽……"又说,"我想,你需要张桌子,又认定你不会忌讳这个!是我向社里建议安排你住这儿的。"梅娘在这个土窑洞里从4月住到了8月,她对太行山中的农村也有了感情,和年轻的女房东也"由喜欢转为亲密"。四十多年后回忆起来，梅娘都充满了感激之情："那时我俩共同在贫困的山西省平顺县川底村体验生活，同吃着掺糠的粗粮，他那津津有味的吃相，总是使我心动不已，生活中他总是处处特意呵护我们，绝无半点以改造者自居的态势。"为了减轻下地女社员们的家务，他还用自己的工资给川底社买了一台缝纫机。

梅娘是北平沦陷区的知名作家，赵树理是太行解放区的知名作家，但同是有良知的文化人，所以他们的心也是相通的。解放后，北京沦陷区成长起来的一些作家，曾被视作"汉奸文人"；但赵树理不歧视他们。另一位沦陷区的女作家雷妍，解放后有老有小，生活无着，梅娘便去为她找赵树理求助。赵树理正编《说说唱唱》杂志，便说"请她写文章来"。雷妍写了一篇《人勤地不懒》，赵树理修改了四次，终于发表，雷妍得到了新中国的第一笔稿酬。梅娘回忆有另一个"被改造的旧文人"刘雁声，"贫病交加，晕倒在学习桌上，这时赵树理把刚刚收到的一叠稿费，悄悄地掖到了刘雁声的怀里，这个悄无声息的暗暗相助，蕴含着多么丰富的潜台词"！

梅娘和赵树理出身背景不同，一个是仕宦家庭的千金闺秀，一个是农民家庭的山里后生，但他们都是正直而善良的人，都是富有理想和追求的人。正是赵树理的言行感动了梅娘，她称赞说："赵树理是我的楷模，他那一心为民为党的深情，没有半点矫饰，真正的一片丹心。"

一次在长治，我遇到赵树理的远方侄女赵冰梅，谈起赵树理和梅娘，她也说："赵树理珍惜人才，他对梅娘是很赏识的。"梅娘，是一个有才华的女作家，在20世纪40年代，就有"南玲北梅"之誉——沦陷区文坛出了两位才女，这就是上海的张爱玲、北平的梅娘，她们的作品和艺术魅力，曾给了敌伪统治下的人民一丝暖意。尽管现在仍有人对此"说长道短""吹毛求疵"——但她们有作品，中国历来是实干家受制于批评家，有一些人就爱述而不作，坐而论道。

前不久，我给梅娘先生寄去我的近著，她回信说："杨栋你好，谢谢你的赠书！20世纪50年代，我以农业电影制片厂的记者身份，曾在山西这片热土上徜徉，而且有幸和真正的共产党人赵树理同行。当时要坐大巴士从山西门户城市长治进入腹地。在太行山脚的平顺县，在全国劳动模范李顺达、郭玉恩、申纪兰的农业生产合作社，我生平第一次和土生的农民碰撞，那里的贫瘠震惊了我，我完全信服领袖关于农业合作社的绚丽构想，和老赵一起，真心实意地宣讲：'只要人抱团，锄头就能盖过拖拉机。'当时，尽管我已过了而立之年，付出的却仍是一派少年痴情。"

梅娘也确是如此，她在川底村与农民住一样的土窑土炕，吃一样的糠菜杂粮，她的女房东夏景"能把掺了菜和糠的粮食做得特别顺口，她抻的黑面条（面粉中掺上榆树皮粉），像她的秀发一样绵长细润，吃得我十分香甜"。她对赵树理充满了敬仰，80年代，她把日本学者釜屋修写的《中国的光荣与悲哀——评赵树理》一书翻译成《玉米地里的作家》在国内出版。

她在给我的信中还说："是山西这片热土，使我这个资产阶级娇娃懂得了'非革命不可'的道理,因此看了你的书,看了书中展现的老百姓情怀,便心动不已,仿佛旧友重逢一样。"从信上也看得出,赵树理人格对她的影响。对一些批评和指责她的文字,她也和当年老赵一样表现出宠辱不惊的气度。她在信上说:"我不会对非议我的名字介意,只是觉得遗憾,人,为什么要活得以挑衅为乐!"

梅娘已是八十六岁高龄了,但她仍在写作,她与赵树理虽是在不同文化背景下成长起来的作家,但他们的友谊却是真诚的,赵树理也影响了她的世界观,使她对农村的农民产生了感情。连日本学者釜屋修也说:从梅娘"译笔中潜含的情愫"里发现,"梅娘对赵树理怀有很深的友谊之情"。从梅娘与赵树理的交往也使人感到,梅娘,是一个很有人格魅力与独特个性的女作家,是一个有高雅品位和人文情怀的女作家。

吴藕汀先生画读书图

我与吴藕汀先生并不认识,但却有过多次的交结。老人为我的书画过封面,为我的书屋画过《梨花村读书图》——他的画现在卖到了好几万元。他像是当代的"隐士",远离庙堂,却名震朝野;人在江湖,却心存社稷。

吴老是一个奇人,他曾说:"我的一生十八个字:读史、填词、看戏、学画、玩印、吃酒、打牌、猜谜。前四项是主要生活,五项是多头,我是专力则精,杂学则粗。"他在这几个领域都极有造诣。他喜欢读书,1951年春,他参加了嘉兴堂藏书楼的接收和整理工作,并编写了藏书楼地方志、丛书清代别集以及戏剧、医药、抄本书目多种。他在嘉兴堂守书七载,饱读诗书,还写有《书楼遗咏》一书记其因缘,末首云:"独守空楼七载余,今朝惜别架藏书。室中琴几园中石,过眼云烟赋子虚。"他在词《情长久》中也写了对书楼的留恋:"喜尽夕,与君相共,真是师友,百城书可读,伴此身,染芸香遍透。"胸无点墨人必俗,腹有诗书气自华,他此后的画作能有品位,与他在书城浸润,含英咀华是分不开的。读今年的《秀州书局简讯》得知,他患病时在病床上,叫人给他戴上眼镜,还要翻阅《蒲竹英用印集存》,还在书局买《工业学大庆始末》《追杀汪精卫》等书。他对艺术的要求很高，在《药窗杂谈》中，他评张大千的山水是"野狐"，黄宾虹太求"效果"，在别人看来是"苛刻"，但在他，却是追求完美。他甚至在病床上说，要给书局打一笔钱，让死后也给他买书……。爱书爱到这个分上，就是书痴；画画画到看不起前人，看不起"大师"，就是"艺痴"了。他爱养猫，写了一本畅销书《猫债》；他爱填词，竟编成了八十七万字的《词调名词典》。对这样一位老人，别人还有什么话说呢？他的著书很多，秀州书局给他行了许多自印本，有《药窗诗话》《戏文内外》《十年鸿迹》等近十册，甚至有人想为他出文集。我在秀州书局邮购过他的好多书，有《吴藕汀山水画法》《宋人词意画册》等。画册上山水苍古，松柏朴茂，垂柳摇金，绿杨泻翠，清风拂拂，春水涟涟，得古人之真传，秉造化之内蕴，是很老到的文人画。作家冯骥才到了嘉兴民间收藏馆，在吴藕汀画的山水中堂前，也是"驻足良久，连声说好"，还说："周围的都被比下去了。"

吴先生就是嘉兴人，自号药窗，生于民国二年，自幼家境富裕，过着左琴右书的生活。十年浩劫，却厄运踵至，妻丧子殇，贫困交加。因与诗友和朱竹垞《鸳鸯湖棹歌》，几酿文祸，但身处逆境，松柏其心，读书不倦，作画不辍，他的画面上或江南风物，草木华慈，或古贤意境，闲亭小舟，教观者意远，令读者神往。

有一次，吴先生给我寄来一页词笺，用毛笔写在花笺上，他写的是《鹧鸪天》：

流水垂虹落照余，思乡唯倩酒消除，年来辜负闻鸡舞，归去无端化蝶胥。空想望，费踌躇，鹧鸪声里更愁余，良朋已就招魂句，野客犹收种药书。

　　　　　　八七翁吴藕汀丑年作于浔上

下面钤"药窗填词"一个小印，古色古香，叫人爱不释手；然词中却流露出一种隔绝故园的孤独情怀。

《秀州书讯》经常有他买书的记载，他买书很杂，既买邓丽君，也买西太后；既买白先勇的小说，也买赖斯的传记；既玩买梅兰芳自述，也买《红色掌柜陈云》，可真是"博览群书"。

吴先生的画是师法黄宾虹的，他曾说："觉得和黄宾虹相近，而私附焉。"但他师古而不泥古，形成了自己的风格。画家柯文辉说："论博大浑厚藕老可能不及黄宾虹，但藕老的清润圆融，却有黄宾虹未到的地步。"

吴老终年九十三岁，堪称人瑞。他逝世后许多人悼念他。简讯上有他朋友吴香州写的挽联：

　　公真健者，阅几世沧桑，烟雨楼台浔溪明月；
　　我等何堪，叹文星陨落，词成别调画开古风。

吴老虽然走了，但他留给我的《梨花村读书图》墨宝将光照陋室，激励我去爱书、读书、著书，让我的生活中永远充满书

香。我也为老人编了一副挽联,表达我的忆念之情:

大笔如虹,鸿儒仙去,诗文生辉画牛阁;
诗心似火,艺苑留芳,画卷遗爱梨花村。

来新夏先生写匾

我和来新夏先生是以翰墨结缘的。十多年前,我想编一本《太岳龙书画》,特写信请来老能书一"龙"字助兴。不久,先生就寄来了,还送了一本他的书给我。

在山东的民间读书年会上,我才认识了来先生。那次开会有几个老先生很受人崇拜,一个是来新夏先生,一个是李心田先生,一个是侯井天先生,一个是南京的诗人宋词先生。来先生脸上常含笑意,像一个佛,叫人感到很亲切。我和他谈起求他写"龙"字的事,他很高兴,他说,龙是中国文化的精神,很高兴写这个字,他让我给他寄一本书。回山后我急忙又寄他一本。因为这个字,他记住了我,他过寿诞时特意邀我到津,我为他撰写了寿联,并送了一部《杨栋文集》给他,同时,也求他抽空为我的藏书楼"梨花楼"题个匾额。

在天津,我在大路上推着轮椅上的来先生,我们再次合了影。他又签名送了我他的几本新著。我看到他太劳累,太忙碌,就想先生怕是不能为我写字了。回到太岳山,有一天忽然收到他的邮件,他果然为我题了匾额,并写了深情的信:

杨栋兄：

　　文集收到，谢谢。所嘱题匾额一事，天气炎热，身体欠佳，未能及时回应，歉甚。我本不擅书法，又兼近臻高年，目眊手颤，更难书写，尤其大字，一触毛笔即手颤不已，尊件写过多次均难入目。近择一凉爽天气，奋力写成梨花二字数遍，择一尚可一看者奉上。请谅其垂暮，写二字已感气力难支，且有楼字稍嫌俗庸，请用"梨花"二字，也望包涵。近年一般均用硬笔的，兄远道相嘱，勉力一振，今后请勿再以毛笔字相嘱。

　　专此，顺颂秋祺

来新夏

2012年9月2日

　　收到这封信和墨宝，我一个人在小楼上独坐了好久，把先生写的"梨花"放在书架上久久端赏，体味先生对我的关爱，对我的情分，心里感动不已。"梨花"两字，颜筋柳骨，风度翩翩，写得端庄又妩媚。先生将这字写了好几遍，体现了先生对我的深情，对梨花楼的垂爱，对民间读书人的关爱。我久久仰望"梨花"，那梨花云蒸霞蔚，香雪成海，真是分外的妖娆了。

　　现在，来先生离开了，我不时地取出他写的"梨花"展玩，仿佛又看到了佛一样的来先生，来先生有佛的慈祥，佛的仁爱，佛的包容，佛的法相。我的梨花有了来先生的墨宝，也就有了紫气东来、祥云回护，梨花楼的书香，也会流播于山乡，流传于久远了。

钟叔河先生的彩信

清明前夕，收到长沙钟叔河先生寄来题词，很漂亮，录一小诗。小诗出自北宋诗人苏轼的《东栏梨花》：

梨花淡白柳深青，柳絮飞时花满城。
惆怅东栏一株雪，人生看得几清明。

苏东坡的七绝纯粹是性灵的流露、天才的横溢，不假修饰，不用典故，几乎全是白话的作品，是苏轼这位伟大的诗人、伟岸的心灵在闲暇时偶发的，对人生明澈观照。有的如晶莹浑圆的明珠，有的如清晨，有的如朝露，有的如儿童的嬉笑。总之，这些作品是读者一读就会喜欢的。

另一则写一句"梨花满地不开门"。钟叔河先生乃文化界一奇人，他曾第一个"顶风作案"再版知堂的书，打破了文化禁区，并编辑出版了皇皇大著《周作人散文全集》；第一个编著《走向世界丛书》，打开文化国门；第一个创作《学其短》系列，倡导短文之风。他写的《念楼小抄》，旧瓶装新酒，重现古典味，是文化人喜欢的书。小楼已购买了他的全部著作。他的老伴朱先生，也是一位好老人，曾出一本小书，也有钟先生文章风韵。特作小诗以谢老人：

> 湖湘彩笺飞三晋，念楼情系梨花楼。
> 老翁忧国作小抄，晚学讽世写漫图。
> 同是书楼书虫子，更作笔耕笔下囚。
> 莫道雪上少年头，余晖犹堪为国酬。

他送我的小诗很美丽，东坡此诗似伤春而实未伤春，一点也没有颓废衰飒的调子，只是纯美的欣赏与人生哲理的透视。钟先生送我这首诗，也寄托了他的审美追求和身世之感。

这首诗抒发了诗人感叹春光易逝、人生短促之愁情；也抒发了诗人淡看人生，从失意中得到解脱的思想感情。清明时节，草熏风暖，梨花如雪，已是暮春繁华过眼即空；但是这一刻仍是一年当中最美的，人生能有几度清明？诗人以柳青衬梨白，可谓是一清二白，这就抓住了梨花的特点，它不妖艳，也不轻狂的神态，又在"一株雪"里再次赋予梨花以神韵，并把咏梨花与自咏结合了起来。其实，这"一株雪"不正是诗人自己的化身吗？因为苏轼一生正道直行、清廉洁白，在咏梨花时，苏轼用了"柳絮飞时花满城"来加以衬托，你看梨花既不像"癫狂柳絮随风去"，也不像"轻薄桃花逐水流"，其品格是何其高尚呢！

钟叔河先生的书名

最近收到长沙钟叔河先生寄赠的一本新书,是精装的《书前书后》。记得先生已给梨花楼送过一本初版本,今收得精装签名本,布纹封面,纸墨精良,美轮美奂,古色古香,真有珠玉在手之感,插架生辉之慨。先生在信上说:

杨栋先生:

谢谢寄书(书法之书和著书之书,两用)。集兰亭尤有意思。记得我曾在清人笔记中见到过好多副集兰亭联,可惜如今一首都记不得了。回寄小书一本,虽是旧版新刊,新版前言却可一看,以资谈笑。其实还在当年周实编《书屋》的时候,你我便有过联系。那么也真可算是老相识了。"张壁"的"墨宝"却愧不能应命,因为我确实是不会写字,尤其不能写大字的。梨花楼名声在外,光彩早已四射,新楼我是乐观其成的。匆匆问好,并祝新春禧福。

钟叔河
癸巳腊八

我当即读了那前言,他在前言上说:"自从六十多岁离了休,写文章、著书、编书,已不是奉命宣传,更不是专图名利,主要是心里还有话想说,想告诉别人。"可知先生的写作已进入了自由状态,梦笔生花,文采斑斓,任意挥洒,咳唾生珠,既没有"三突出"的禁锢,也没有"主旋律"的约束,是真正的我手写我心了。但先生记述,他的书出版后,竟又有人出了两部和他的书同名的《书前书后》;可能是他的书受读者欢迎,所以别人才爱上他的书名,不避雷同之嫌,愿借名家之光吧。《红楼梦》畅销后,人们写了几十种续书,直到现在还有人在续;《金瓶梅》走红后,有人写了千百种论著,成为"红学""金学";但《书前书后》是钟先生的序跋之文、谈书之作,也会有人来借大名,可见钟先生文章的影响之大、名气之高,

钟先生说,电影《建党伟业》上映后,竟相继出版了六部同名之书,这使我想起一首古诗:"琵琶不是这枇杷,只怪当年识字差,若使琵琶能结果,满城杨柳尽开花。"书名虽都是《书前书后》,但钟先生也不必在意,因读者买了别人的《书前书后》也会退货,并要求:"我要的是钟叔河的。"让人们炒作有时也是好事,炒得红了,说不定将来就会出现一门"钟学"。

读者们知道,钟先生的"专卖店"里,才有货真价实的"枇杷"。

韦泱赠书

邮局送来来自上海的邮包,我就猜想,是韦泱兄寄新书来了。打开一看,果然是他新出的《旧书的底蕴》,扉页上有一张漂亮的版画藏书票"韦泱痴书"——一只小狗拉着一车书,可爱极了。古人说"读五车书",韦泱读过的书,早就超过五车了。

韦泱和我,以通信相识,以爱书结缘,他每出一本新书,都要寄梨花楼一本。我把他的书都读过了,再放在珍本库里收藏。我的梨花楼上有中外典籍、古今奇书,有孔子的书,孟子的书,司马迁的书,李白的书,苏东坡的书,莎士比亚、托尔斯泰、陀思妥耶夫斯基、川端康成、沈从文、林语堂、周作人、张爱玲、汪曾祺、莫言的书,但韦泱的书来了后,别的书全让步,我要先读韦泱的书。

一个朋友赠书给你,就是心里有你,就是他看重你,就是他在意你,你如果把他送你的书束之高阁,你就对不起他这份情义。所以,朋友的书到了,我是一定要先读为快的。

我和韦泱只见过一面,是在北京召开的民间读书年会上。韦泱一副很腼腆的样子,很书生的样子,很诗人的样子,很女性气的样子,是叫人感到可以亲近的那种。以风喻之,是春风;以雨喻之，是细雨；以书喻之，是散文；以诗喻之，是和歌；以花喻之，是幽兰；以树喻之，是玉树。他是一个可以做永远的朋友的那种人。以前他写过诗，但他的文字却绝不朦胧，不玄远，不新潮，他的文章很平实，很干净。韦泱说："旧书有历史的沉淀，有岁月的印痕，有丰厚的文化底蕴，是取之不尽的写作源泉。"韦泱还说："对一个作家而言，把文字调整得更精致更准确是最重要的。"他的这本书虽是书话，却也是他的读书随笔，写的人和事，都是我喜欢的。他在信上说：

  弟近出小书，惜手头无余书，幸出版社编辑慨送一册，请您存阅。

  韦泱敬上这样割爱得来的书，我自当好好珍惜。看了书，像是见到了书友淘书的身影，享受到了读书的愉悦、都市的书香。这本书的装帧也好，紫红色硬精装的小三十二开本，像是文房的珍玩、书楼的宝石，这是我最近收到的喜欢的一本小书了。

第三辑 读书记悟

梨花楼书衣文抄

《藏园群书题记》

傅增详著,上海古籍1989年6月一版一印。傅先生"挂冠之后,定居北平,闭户不交人事,聚书数万卷,多宋元秘籍",仅本人手校书即达一万数千卷,亦一书痴。作者另有《藏园群书经眼录》一编,乃从日记、杂记中辑录而成,亦是读书界心仪之书。其名藏园,乃取东坡"万人如海一身藏"诗意。时下寻此种隐士,真凤毛麟角矣。

《樊榭山房集》

上下册,上海古籍1992年6月一版一印。精装本仅印五百册,邮购而得。古人对其作品有"幽香冷艳,如万花谷中杂以芳兰"之评。

《曾国藩家书》

岳麓书社1985年一版一印,精装本。此为其全集之家书卷。当日生计窘迫,在城打工,乃省吃俭用购此二册,亦当年所购之贵族书也。其在致诸弟书中有曰:"予自三十岁以来,即以做官发财为可耻,以宦囊积金遗子孙为可羞可恨","故立定此志,决不肯以做官发财,决不肯留银钱与后人;若禄入较丰,除堂上甘旨之外,尽以周济亲戚族党之穷者,此我之素志也"。他说:"儿子若贤,则不靠宦囊,亦能自觅衣饭;儿子若不贤,则多积一钱,渠将多造一孽,后来淫佚作恶,必且大玷家声。"其作为封建社会之官,犹能自警,时下贪官不及曾氏多矣。他的家书教子还是成功的。其子曾纪泽做过外交官,也有著述传世。当世家书,傅雷先生能秉其遗绪耳。

《吴梅村全集》

上海古籍1990年一版一印,三卷精装本,定价八十二点九元。梅村诗学元、白,歌行体以《圆圆曲》名世。久想读其诗,得其全集,了一心愿也。

《文心雕龙讲疏》

王元化著,上海古籍1995年一版二印。上中学时读过《文心雕龙选译》,深喜其文论之美,见有此书,即购存之。

《藏书纪事诗》

上海古籍1999年一版一印,定价四十二元。此书久已慕名,然搜访无踪,在太原尔雅书店见之,喜而购归。此书与《辛亥以来藏书纪事诗》合订为一厚册,插于架上,威武可观,亦余心爱之书也。

《南明史》

购于尔雅书店。顾诚著,中青社2003年一版一印,价四十八元。亦欲从中窥视有明一代之缩影耳。学者论述,浏览之可增长历史见识也。近日无事,通读一过,乱世烽火,竟来眼底。觉太平天下之可宝贵也。

《琉璃厂小志》

孙殿起辑,价三十三元,"北京古籍丛书"版。亦怀古怀旧之书也。今日琉璃厂只留一空名,旧书店皆官商化也。

《牧斋有学集》

钱谦益著,上海古籍1996年9月一版一印,上中下三册,价八十五点二元,仅印一千五百部。是作者由明入清后诗文集,明亡前为《初学集》。也从网上购得。牧斋有些像近世的知堂,虽晚节有污点,但学养丰厚无可替代矣。

《齐民要术》

团结出版社1996年一版一印,精装本。购于孔网。浏览一过,皆关乎民生之篇目,但对现实生活并无多大意义也。

《癞皮鹦鹉》

网格本,以五十元于孔网购得,网格族又添一丁,喜不自胜,收书后以毛巾药皂擦书衣,整旧如新矣。

《散文特写选》（一）

购于孔网。今日三种终于配齐。此书孙桂升先生来信云：仅一元一本。一上孔网，价皆二十元左右。旧书越来越贵了。新潮读者读及这些作品皆不屑，"80后"之学子对此种书视若垃圾。余经历过"文革"之"文化沙漠"时代，当时此类书乃难得珍籍，故购来怀旧耳。案边修补，装以书衣，插于架上，心中甚慰。

《近代散文抄》

沈启无编，东方出版社2005年11月一版一印。此选本周作人、俞平伯等极推崇。周评曰："其功德岂浅显哉！"30年代曾出版过，旧籍新刊，也可欣赏明日黄花之美，故购来满足读书欲也。

《全唐诗》（全二十五册）

中华书局1985年一版三印。余幼嗜唐诗，1986年见县书店有此部书，价五十八点五元，是余当时一月之工资，然既喜之，遂购归。今随余搬迁数次，亦二十年之老友也。

《清代全史》

辽宁人民1995年一版一印，印数近万部，全十卷。价一百五十余元，为"清代历史研究丛书"之一。余一学生在辽当兵，写信托其购万有文库中之"清代史"，其探家时提来一大包书，即此书也。余不做专门研究，故也不需要此大部头，然木已成舟，学生千里捎书，其情可感，遂照价付之，留于书斋，作插架之物矣。

《全元散曲》

中华书局1981年1月二印（上下册，精装本），价仅八元。时下要买，需百元大洋也。

《卡夫卡全集》（全九册）

河北教育社2001年5月一版一印，价四百二十元。购于太原尔雅书店，此书时下身价大减矣。

《蔚蓝的和湖绿的》

购于孔网。收得此册，《外国抒情小说选》已配全，亦一喜事。此书后曾出选本，曰《外国抒情小说宝典》，可见此书之受欢迎。此书印数一万二千册，亦当年之畅销书也。

《中国植物图鉴》

贾祖璋、贾祖珊合编。贾祖璋一生爱好植物学。此为中华书局1958年一版六印。解放前已有开明书店版。印数达三万多册。亦余私爱之书。贾之全集已购存，再购得此集，可无憾矣。贾也一位爱读书人也。

《俞平伯全集》

花山文艺1997年一版一印，价五百元，全十卷，邮购于秀州书局。

《埃梅短篇小说选》

法国马·埃梅著。人民文学2004年5月第一版。印数高达一万册。但我到网上搜购,竟已成稀见之书,后与孔网一书商购一本,寄来竟是"复印本",想不通有人竟会自制复印本销售,虽然粗糙,但可一读名家大作,也是一种缘分了。埃梅被誉为法国20世纪的短篇小说圣手,埃梅的小说仿佛寓言和神话,真假莫辨,亦真亦幻,奇思妙构,读后难忘。比如他写的《侏儒》,马戏班一个丑角矮子,是难得的看点,但他三十五岁时突然长成大个子,成了正常人、帅哥。人是正常了,但团里却用不上他了,他从此失业了。故事虽匪夷所思,寓意却意味深长,写出了艰难的人生和畸形的社会。又如《假警察》,为了生活,一个商店会计业余扮假警察去勒索钱财,而宽裕后又包养情妇,生活颓废——是社会逼良为娼,还是财物诱惑人堕落,叫人读之而三思。他的小说涉笔成趣,写芸芸众生,而故事怪诞、思想丰厚,故受到读者喜爱。他还写了不少寓言故事集,他是一个很有才华的小说家。这本书也是我收藏的第一个"复印本"。

《我记得那美妙的瞬间》

普希金著、戈宝权译,花城出版社2012年6月版。从小喜爱普希金的诗,在网上见有此书,且是请名家翻译出版,遂邮购之。这是花城出的丛书,一套六本,全部购藏之。闲散时读上几段,如温青春旧梦也。我的前半生坎坷落魄,漂泊打工,是诗人的那首诗鼓舞我与命运抗争,存生活梦想,才不断拼搏、自强不息。那首诗就是：假如生活欺骗了你，不要忧伤，也不要叹气……

《听雨楼随笔》

高伯雨著，十卷本。牛津出版社2012年版。高伯雨是文史掌故专家，但一直买不到他的这部书，只读过辽教出的一册选本。今年得知香港出此巨著，故让儿子在淘宝搜购一部。其写晚清文史小品及掌故，可让人起怀旧之情，享闲话之趣，确是一文史高手、随笔大家也。

《天真和伤感的小说家》

土耳其作家奥尔罕·帕慕克著。作者曾获诺贝尔文学奖。此书是他的演讲汇集。他在这本书中表示：创造世界是小说家的真正使命，小说的写作和阅读是人类伟大的乐观主义行为之一。这本小书是他的理论支撑，读之可知小说大师的小说观，也可增加新知也。

《贫女的嫁衣》

黄宗英著，江苏文艺出版社出版。为现代文化名作自传丛书之一种。虽名自传，实际还是作者之短文集锦、随笔汇编，从中可见宗英先生之真率性情——精短美文，艺人旧事，书生襟怀，是一本别致的回忆录。黄是一个名女人，名女人的文章更有卖点，但黄不同于其他女明星，如刘晓庆、陈冲、倪萍等人，黄比她们读的书多，接触的文化人多，其文集就有了书卷气，不单单是卖明星隐私、名人名气也。

《锦书云中来》

闲雅小品丛书，中州古籍出版社出版。这是古人的书简选本，也是一本尺牍小品。冯梦说"原尺牍之为道，叙情最真而致用甚博，本无师匠，莹自心神，语不费饰，片辞可宝"。这书选的都是历代名家书简，均是情文并茂的"千字文"，对喜欢书信的我来讲，真是一桌琳琅的盛宴了。作者达一百零四人，此书也是一本尺牍大观了。

《刘绍棠文集》

全十卷，北京十月文艺版。于旌旗、中国书店、中国图书网等数家书店配始全。刘之运河、乡土小说，亦独此一家也。

《夏承焘集》

浙江古籍版。全八册，价二百八十元，邮购于秀州书局。夏为词学家，其书亦冷门货也。

《中国药学大辞典》（下册）

人民卫生版。不知何年出版也。以五十元购于孔网。读陈存仁《津津有味》知其30年代编过此书，遂在网上搜购，仅有下册，便订购之。此为繁体竖排式，编辑态度严谨，考注翔实，不学时下编典者，东拼西凑，剪辑而成。见网上有此典之新版。何日购得上册，合成完璧，亦了一心愿矣。

《竺可桢日记》（第二册）

人民出版社1984年一版一印。上有"学林出版社藏书"印。上孔网见书友"柏叶酒"发帖推崇此书，遂搜购之。仅有第二册，价近五十元，奇书难得，遂订购之。余家有百花版竺可桢小书一册，中有其日记选数则，读而喜其笔致。购得此册，亦可疗书荒也。何日购其全编，则小楼增辉，书缘可续。科学家之日记，能增长见识之书也。

《京剧文化辞典》

汉语大词典出版社出版。梨园之工具书也。以四十八元购于孔网。因见吴藕汀书房有此书，按图索骥得此书耳。

《金驴记》

网格本。上孔网与书友"老船长"交流而得。余对"网格本"及"20世纪外国文学"两套书情有独钟，故见之难舍。此书是古罗马之小说，译者"伏案三载，几易其稿"才译出。亦不易也。

《丧钟为谁而鸣》

海明威著，上海译文1982年9月一版一印。乃版画本，亦名著也。昔日只读过《老人与海》，收此书为读书之享，亦"老船长"所惠也。

《苏联爱国战争短篇小说》

茅盾译。"老船长"寄来。此书乃上海永祥印书馆1951年第七版，可见亦当年畅销书。读了《日日夜夜》，忽对苏卫国战争有了兴趣，总想知道，一个民族，是如何面对那场战争的灾难的。此为名著名译，茅公乃大家，其选择自是不同凡俗也。此书书品极好，是馆藏书，但借书卡及证上均为空白，可见入馆之后竟无人借过。许多图书馆都是徒有虚名，买来书后便"侯门一入深如海，从此书郎是路人"了。我县之图书馆为一座三层大楼，一层出租给小卖部，二层出租给学校，三层住家属，活动室仅一间门面，养着十多名"馆员"，此亦是"中国特色"也；更闻有高校图书馆转卖藏书为职工谋取福利。今日图书之命运，真"可慨也夫"！此书亦可爱之书也。

《乐迷闲话》

辛丰年著，山东画报出版社新出增订版。此版增入许多插图，更增趣味。余已有三联版，但自称是"丰迷"，故又购此版存焉。此书还有台湾繁体竖排版，足见其受读者喜爱甚也。

《处处有音乐》

辛丰年著，出版社同上。是作者谈音论乐文章新集，与上书同购于当当网。一日得丰老二书，亦奇遇也。

《太太党人》

此时尚读物类书，喜欢胡永凯先生之仕女画，故上网搜其作品，见有此书，亦罗致之。用书中语讲：胡笔下之女人皆"妖魅出众"之尤物也。已有此公画册二种，极想购其《金瓶梅画集》，但恐难得一遇了。

《郑孝胥日记》

劳祖德整理，中华书局2005年8月二印本，价一百八十元。此书初版仅印一千五百册，故少有人知。余读周劭之文，对此书赞誉有加，后知劳祖德即谷林先生之名，知此书乃重头戏。然久觅不得，因上当当网见有此书，当即购之。郑不仅身世奇诡，人称其"论事甚好，然不能做事"。此是指其晚年任"满州国国务总理"事，"由遗老沦为国贼"也。然其日记也有史料价值，故学林重之。郑之书法也佳，旧版《词源》书名即为其手书。余购此书，冲谷林之有盛名也。

《刘炳森集》

此为大书法家刘炳森散文集，华夏出版社2004年8月一版一印。老年文字，朴实无华，也可供消闲之用也。

《寻芳草集》

绿原著,中央编译出版社2005年一版一印。乃诗人随笔、学者散文。作者对外国文学多有涉猎,其文视野开阔、言之有物,也可读之书也。

《小天地庐漫笔》

忆明珠著,1990年明天出版社一版一印。购于孔网"四月天"。此书余寻觅数年,终在网上获得,夙愿得偿,喜不自胜。盖忆之诗文,如花照眼,其秀在骨,其美在心。余在山东自牧兄处一见,即有惊艳之感,收此书见与上书不同,方知此乃软精装,更觉珍贵也。内容已阅读过,收此书纯为满足一种偏爱耳。

《求凰集》

吴祖光剧本集,中国戏剧出版社1980年9月一版一印。看书名以为是吴与新凤霞之情史,京味作家与评剧皇后之生活记述,收到后却大失所望——吴对其夫妻生活写得不多,故想了解一二也。

《无望村的馆主》

师陀著,福建人民1983年7月一版一印。购于"四月天"。喜师陀作品,故见其书即收。此册小书,亦可作寒门掌上珠也。

《苏曼殊全集》

中国书店1985年一版一印。以八十三元价从孔网购。向在省南宫书市见有此书，售四十元，嫌行旅不便未购。网上见之，终是喜爱，又解囊邮购之。苏之诗文，亦婉约可喜，多为艳情文字，书楼已有其《诗文集》《诗笺注》二种，今得此影印书，可无憾矣。

《汪曾祺的春夏秋冬》

陆建华著，河南人民出版社2005年9月一版一印。此是作家汪曾祺之传记。喜爱汪之作品，故也喜读其生平行状；与此又同购大象版之人物聚焦《汪曾祺》，皆图文本，读文字不过瘾，能看看其旧影，也是一快意之事也。

《抚摸北京》

仲之编，三联"闲趣坊"系列书之一。此套书余大都购存，人生有点闲趣，总比兢兢于官场，营营于商场要舒服一些。此亦姜德明先生《北京乎》之续编。居于山野，读之可知京华沧桑，如老农看戏，虽眼中红火肚中饥，但可知生旦净丑之来历，忠贞奸霸之形象，亦韵事也。

《食味万千》

朱振藩著，岳麓书社2006年1月一版一印。此公之书被誉为"馋人的《史记》，老饕的《福音书》，爱吃者的《葵花宝典》"。

喜其知味之谈，故购来饱眼福耳。同购《食随知味》《食家历传》二种，朱氏谈吃之书，已购六种矣。

《刘炳森书黄知秋题画诗》

此为刘炳森书法集。刘为隶书名家，书界号为"刘隶"。余见其书法，方正有力，正气浩然，其体与清季俞曲园相仿佛，故购之以养心悦目。

《品戏斋夜话》

徐城北著，中国戏剧出版社1990年一版一印，窄三十二开。此书仅印六百五十册。不知是何缘故。徐之戏话，条析入理，是品戏之内行，京剧之票友。此书中小文配以丁聪先生插图，可谓京味十足、戏味十足。能在孔网求得此书，亦好书缘也。徐之戏话，小楼还有数种，皆有味之书也。嘉兴吴藕汀先生喜京戏，其架上皆京剧资料书。能喜欢老古董者，都须有高人雅致，浮躁之徒，只懂得去看脱衣舞，或去跳"摇头舞"也。

《来燕榭集外文钞》

黄裳著，作家出版社2006年5月一版一印，价四十三元。此为黄裳先生旧作佚文新集，在孔网邮购得之。先生在后记中说："对旧作，我是愧则有之，却并不悔，笔墨一经刊印，即成公器，是洗刷不尽，躲闪不来的。"其实，黄之文字早期就受人关注，《古今》编辑周劭发了他不少作品，并在"编辑杂记"中称赞：

"这位作家是一个名不见经传的角色,我无须在这里说出他的尊姓大名,所谈的只是他的文字和他与《古今》的关系罢了。他的年龄很轻,到今天总还不满二十五岁罢,而且更出奇的,还是一位最著名大学中电机工程科学生,然而读书之多,文字之好,不独我自愧不如,即在今日上海文坛中,不论成名或未成名的,也很难和他相颉颃"。"因为多产的缘故,他有时不免抄旧书,但也不着痕迹,其聪敏和才华,真是难得的很的。"周晚年出过许多文史掌故书,也很有文名,他早年慧眼识珠,不因黄是后生小子而废其文,终于留下了这些沧海遗珠式的文字。黄裳先生说:"在《古今》上发表的那些文章,几乎都取材于我的读书笔记。"可见黄老先生年轻时读书手勤,笔记丰赡,时下青年,不读书遑论"笔记"乎?他在《古今》上谈藏书,谈《红楼梦》,谈《四库全书》、周作人,谈李慈铭、李义山、朱竹垞、张之洞、李卓吾,甚至欢喜佛,无不妙趣横生,新奇可读。此书收文一百四十四篇,达三十五万字,亦该是"黄迷"们的案头清赏之书了。

《金瓶梅人物谱》

戴敦邦绘,作家出版社2006年4月一版一印,价八十八元。购于网上无邪斋。此为戴作彩色人物谱。余向喜画家之古典仕女图,曾购其《红楼梦连环画》收藏,收读此图,可见书中之人物跃然纸上,吴带曹衣,刻画生动,铁线银丝,点染绚烂。亦可珍藏之美术品也。书中还有刘心武之点评,但得鱼忘筌,看过老画家之图谱,反觉文字全是多余的了。画是无声诗,信斯言也。

《竺可桢日记》（三、四、五册）

科学出版社1990年2月一版一印，印一千四百册。以每册六十元高价购于孔网。其新版全集将收作者所有日记，从六卷至十九卷为日记编，然时下仅出了六卷、七卷，出齐不知何年，遂购此编以先睹为快耳。有人称誉，作者之全集是自然科学界的《鲁迅全集》，可见其价值。收书浏览，书中文笔清雅，记录细微，国事家事，世情人情，读来亲切有味。亦今夏收得之好书也。余缺第一册，又在北图大厦邮购得其全集六卷，正是"日记"之第一册，"日记"五卷终于配成全璧，不亦快哉。

《〈茅盾全集〉补遗》（上、下）

人文社2006年3月一版一印，精装本，价八十八元。购于北图大厦。余正配其全集，故购此编以补缺。然网上有以六十元出售者，国营书店不愿让利读者，私营书贩反有人情味。但能配全全集，亦是一快事也。此书中有作者几部中长篇之大纲，有古诗文注释，也见作者之学识修养深厚也。

《〈子夜〉手迹本》

中国青年出版社1996年6月印制，精装十六开，印一千九百九十六册，编号发售，书价一千四百元。此书购于网上，钤有茅盾先生及其子韦韬之印章，编号1804号。余喜茅公之字，北京孙桂升先生多次来信推荐此书，他本人以八折购得一部珍藏。收书之日快读其自传，如聆先生雅音。闲时抚摩把玩，真不啻得稀世之珍也。时下文坛对先生不屑，却至今无人能写出如此力作也。

《保住那一发青山》

董桥著，牛津大学出版社出版。此书为作者1999年至2000年在《苹果日报》所写"时事小景"、专栏小品、叙事议论集结而成，幽默风雅，文字古朴，立意别致，亦董著之精品书。高价购于网上。余之董桥书林，又添一片新绿矣。

《伦敦的夏天等你来》

董桥著，牛津版。为2001年至2002年作者在《苹果日报》所刊小品百篇。文字一如其本色，作品不减其华美。虽花近八十元高价而得，比之战时米珠薪桂之物价，亦物有所值矣。若非开放时代，处于"文革"之"文化沙漠"，便是再花大价亦难得一觇董之文字珠玑也。

《回家的感觉真好》

董桥著，牛津大学版。此为其2000年至2001年之小品，同上两种购于网上，亦可藏可读之书。今日端阳，晨上山"跑山"、踏青、采艾叶、食粽子，中午食栾芽水饺，是真正之绿色食品，下午读是书，感觉真是"回家的感觉真好"了。下午去邮局取报，街头闲坐者皆骂贪官太黑、恶吏太狂，觉时世大变、世风日下，终不若余躲进小楼与董先生品茗清话也。

《红房间》

斯特林堡著,购于孔网,人民文学出版社已出其文集五卷,在卓越网有售,犹疑之际,已见售缺,特收得此本聊备一格耳。

《美的沉思》

台湾蒋勋著,价三十四元。购于旌旗网。此为中国艺术思想论述,图文并茂,甚为精美。久仪蒋勋文字,得此一种,也见作者才调也。

《宋词画谱》

山东画报版。购于旌旗网。向购吴藕汀《宋人词意画册》,淡水媚山,花树烂然,格调不俗,画面古朴,此也可比照而观也。

《中国古典文学图志》

杨义著,三联版。杨致力于文学图志,已有《新文学图志》,今又出古图志,亦文学研究之新品种。此为"宋辽金元卷",想来还有"秦汉卷""隋唐卷""明清卷"之作也。

《佛学大辞典》

丁福保编,台湾佛陀教育基金会印赠。在网上与台湾基金会请法宝数部,付邮资近三百元,历一周始到,亦书缘也。所赠书皆印制精美,插架尽显庄严。此著至晚年研习,必增智慧和德业也。

《散步》

陈之藩著,百花文艺出版社2006年一版一印。购于当当网。陈为海外华人作家,其文章中西合璧,典雅有味。向曾购其《剑河倒影》一种,又与"香港神州古旧书店"购《旅美小简》一种,今见有此书,又与当当网购归。妻见余抱一箱书归来,数落曰:"你买书一捆一捆往回抱,一包一包往回邮,一箱一箱往回扛,明日赶集,不用去买米了?"余闻之失笑,妻不知书籍即读书人之米也,可断炊乎?整理书架忽然得一联:"斋里无客可谈诗,囊中有钱便买书。"困居山中,买书无福,只好从网上求索,近闻吴鲁芹之书也有品位,然网上也难得一见也。

《野蛮之书》(图文本)

高更著,湖南文艺出版社2006年一版一印。购于当当网。"散文译丛"之一种,此丛书十四种,当慢慢搜求也。

《世界文学50年诗歌散文精选》(图文本)

此书为贵族书,插图多文字少。购于当当网。原在县书店见有售,嫌贵未买;以为此是另一选本,反又在网上函购,亦书呆子之举也。余对以包装精美而招徕读者之书,向来深恶痛绝,盖出身平民,对消费向来抠门,而喜朴素之书也。

《普希金全集》

河北教育"世界文豪书家"之一种。购于孔网。余小时曾读普氏"童话诗",甚喜其风格,工作后又购其《抒情诗》上下册,被一女友"借"去,至今未能归来,特购此全集。其诗句"不顺心的时候暂且忍耐,相信吧,快乐的日子总会到来",曾给予在挫折和坎坷中的我以无限希望,度过艰难时世,故对其作品甚为宝爱也。

《现代文学期刊漫话》

应国靖著,花城出版社1986年一版一印。此书以一百三十元高价购于孔网,乃研究期刊之重要工具书。北京谢其章先生多次在文中提及此书,南京"状元镜"曾拍卖过一册,价至八十余元,余参拍未能得,今得此书,书梦圆矣。此书收漫谈旧期刊文章一百五十多篇,文字清新,资料丰富,书前有老出版家赵家璧先生序。此书不啻一本"刊话"也。其研究期刊、开创"刊话"之功,可与《唐弢书话》同样重要也。缺憾是图例少,且无彩插,如能再版每文配一彩图当成珍物也。

《女性年龄》

伊蕾著,为新诗集,人文版。在孔网以八元拍得。女诗人为天津人,真名孙桂贞,曾嫁山西作家张石山先生,后离异。寒斋已有其《伊蕾爱情诗》一种,其诗激情澎湃,写爱写欲,标新立异,独树一帜,亦当年诗坛之异类。曾有《独身女人的卧室》组诗,大受争议,而成大名,后诗人到俄罗斯经商,"独身女人"成商界强人也。特收此册,以怀旧梦。

《沙汀短篇小说选》

同上书一起在孔网拍得。余有《沙汀文集》及其单行本几十种，收此特爱其为精装本耳。热爱一个作家，愿收其书之各种版本，读今日《山西日报》记有王茂林喜收"赵树理"而花费上万，亦书坛之痴人也。余对此公真佩服得五体投地矣。

《卡夫卡传》

于孔网王玺先生购《普希金全集》，彼在包书时使二册封面洒了茶水，特赠送此书，以补缺憾。附信云："先生好，在包书过程中，不小心洒了茶水，深以为歉，送书一本，略表歉意。王玺敬上。"孔网有如此卖书人，也见孔网之爱书人多矣，替读书人想的店主多矣。令人敬佩。有的店主则锱铢必较，居奇射利，如姜太公钓鱼，宁可无鱼可钓，也绝不通融于读者。更有败类，以次充好，以书谋财，甚而坑害爱书之人，用古人话说："其三代风水尽矣！"

《夜歌和白天的歌》

何其芳著，人文社1952年5月版。为繁体字竖排，诗人之诗集，此为其代表作，过去从未读之，今在孔网拍得，亦可补旧梦耳。时下"先锋"诗人，对此种诗歌已不屑一顾也。

《犬窝谭红》

吴克歧著，广陵书社版，价一百二十元。购于孔网。此红学书也。余近年喜收红书，亦受孔网之感染，余非红学之徒，乃"红迷"耳，然误入"红潭"，购红书已花近万元矣。古人《题芹圃画》诗云："傲骨如君世已奇，嶙峋更见此支离，醉余奋扫如椽笔，写出胸中块垒时。"此写石头也写曹公耳。

《日日夜夜》

长篇小说，西蒙诺夫著，陈昌浩等译，时代出版社1953年一版。繁体竖排本，印数达六万余册。此书是因读辛丰年先生《和而不同》而购。在毛边书局购到辛老签名毛边本，他在书票上署名："杨栋同志存。辛丰年、严锋。"严峰是他的公子。先生在《沧桑之后又重逢》一文中说："屈指一算，我盼望重读此书有三十六年了。"是怎样一部书让这位文化老人如此钟情呢？他介绍此书译者陈昌浩参与编过《俄华词典》，所以其译笔可信，用词典雅，能体现俄罗斯民族的韵味。用老先生话说："从中译本所得感受，绝不仅是故事情节，人物、语言都是至真切也感人甚深的。"我急忙上孔网在"图书搜索"作者栏中打入"陈昌浩"三字，真是天助我也，果然网上有这本书，店主是哈市书友"老船长"，急忙订购，书友同意用我的《龙文化》毛边本交换，我又送他一册《龙风俗》。收书之日，书友又送我《高尔基创作选集》等三种旧书。真是得陇收蜀，令我喜出望外了。收书后装以书衣，费时二日阅毕。真是"快何如之"。这是写"斯大林格勒"保卫战的一部巨著，书中人物和事迹，真是可歌可泣、感人至深。俄苏文学是极有魅力的。现在苏联已解体，但人们也不应数典忘祖，淡忘其抗击法西斯之壮烈史诗也。感谢辛老让我知道世间有此好书，也感谢"老船长"给我千里迢迢送来此好书。读毕不忍释卷，略记感遇之奇，这真是一本值得再读的书。

《词调名词典》

吴藕汀、吴小汀著，上海书店出版社2005年9月一版一印，印数三千册，价八十八元。邮购于孔网网上书店。吴先生是江南人杰，诗词书画皆精。前段见老人谢世，极想买几种他的遗著做点念想，恰见网上有售，遂邮购之。此书厚达一千一百多页。收录自唐以来之词调名，均注明出处、始词或例词、释义等。亦词学之重要工具书也。购之一编，捧读之亦作心香一瓣耳。同购还有《红妆》一书，中华书局2005年10月一版一印。写古代妇女之性情生活，为图文本，亦有情调之书，但价甚昂，二百多页之小书，定价近四十元。文人虽喜红袖添香，但读此种贵族书，非穷书生之福也。

《宗璞小说散文选》

北京出版社1981年4月一版一印。为"北京文学创作丛书"之一种。从孔网邮购。余喜此套丛书，已购数种，收罗此册为备一格耳。网上还有《宗璞文集》四册打折销售，也收之一部。

《兰亭全集》

花山文艺出版社1995年二版二印。定价三百五十元，分两册。此乃书圣王羲之《兰亭序》各种文献传世墨迹、传谱诗文，亦书法之名帖、书艺之英华。打折购于孔网，余乃书法门外汉，购之纯为欣赏耳。晚年能读帖，亦文人之福缘也。

《旁观者》

钟鸣著，湖南出版社1998年一版一印，三册，价九十五元，印数一万部。此为作者的随笔，全书文体杂呈，想象睿智丰富，为青年读者所喜爱。寒斋有其《畜界·人界》《徒步者随录》，特又从孔网邮购此书，亦为猎奇和赶新潮而读。余生于乡野，偏爱乡土文学，但也不排斥新生代作品，故也喜涉猎欧美现代派和国内之新潮作品也。

《郑振铎全集》

花山文艺出版社1998年11月一版一印，精装二十册。定价九百八十元。以二百九十元邮购于孔网"采薇阁"。此书印制精美，用纸亦好。有人说，比新版《鲁迅全集》印得还好。郑先生一生痴书，余极景仰，故购之以存。他的书寒斋还有数种，如《西谛书目》《西谛书话》《西谛题跋》等，均有味之书也。

《伤心碧》

东方缀东著，人民文学出版社2005年6月一版一印。价十七元。作者真名为李君维，其人其作被称为"40年代男版张爱玲"。陈子善教授像发掘文物一样隆重推出了他的旧作，共两种，另一为《名门闺秀》。细读其作品，文字圆熟，题材也写旧家族之世态，别具意味。但比张爱玲之语言情致，总要差一些。李先生还在"开卷文丛"出一本随笔集《人书俱老》，其文笔高古，所记皆怀旧之作，也是上乘之作。作家靠作品传世，只要作品有特色，有艺术，是不会永远埋没的。其书三种，寒斋均已藏矣。

《书边散墨》

林伟光著，中国文联出版社2004年10月一版一印，印数一千册。此书为林先生寄赠。余与先生素昧平生，接此书见扉页小跋曰："知先生亦读书素心人，谨奉拙作，敬请指正。春安。"读之一过，均写书人书事，篇幅短小而有书味。特拣出《梨花村随笔》毛边本及《梨花楼书简》回赠，亦投桃报李之意。秀才人情纸半张，文士礼物书一册。此亦如古人言："珠玉，富家之宝也；文墨，儒家之宝也。"能有好书读，"珠玉"云乎哉？

《纯爱》

此为冯亦代、黄宗英之情书集，作家出版社2005年6月一版一印，印三万册。一本情书能印此数，亦畅销书也。余向来喜读情书，为其是男女间之至情文字也。曾读《梁实秋·韩菁清情书选》，为其夕阳之恋感动。此二老亦暮年结发，花开二度，归隐书林，笔耕文坛，名人情侣。购之于尔雅书店，价三十二元。读后觉二位老顽童之情爱，乃忘年恋之真情也。封面"纯爱"二字以烫银凸印，甚为典雅华贵，亦可作性情中人之珍藏本也。

《骑兵军》

伊萨克·巴别尔著，插图本，人文社2004年9月一版一印。向往此书已久，先曾在《外国文艺》读其节选，后购浙江文艺版一册，今又购此，盖此书作者被蓝英年称为"一颗耀眼的彗星"，其作品被博尔赫斯认为"如诗那样美丽"也。

《花卉》

此为图文书，陕西师大出版社2003年6月一版一印，内收一百七十九幅世上最杰出的花卉图谱，价三十九元。购于北京紫图图书网。近来喜欢读植物书，亦厌倦红尘之心态也。

《花埭百花诗笺注》

清梁修著，广东高教出版社1999年一版二印，价十二元。此书为广东书友欧清煜先生寄赠。此书以绝句咏百花，中含许多花卉知识、历史典故，亦属悦读之书也。回赠其《太岳龙风俗》一书，亦作投琼报耳。

《植物之美》

法国–让玛丽·佩尔特等著，陈志萱译，时事出版社2003年7月一版一印，价四十八元。邮购于紫图图书网。此书收入八十五幅世界名画，九十七幅植物风光经典摄影作品，亦图文本植物科普书，被誉为"畅销不衰的科学美文"。展此一编，色彩闪烁，养心养眼，魅力四射。读植物书，可远离世俗之烦嚣，亲近自然之本色，也为文人养生一法也。

《从前》

董桥著，三联书店2002年10月一版一印。此为作者怀旧散文选编，书中之人物皆旧家仕女、都市名流，语言瑰丽，故事哀婉，读之如入大宅门，满眼是黄花梨、紫檀木的华美。题目就格外的古典，如《旧日红》《念青室情事》《玉玲珑》《砚香楼》《宝寐阁》《湖蓝绸缎》。此公在国内选本甚多，本疑为其又一选本，怕买来浪费，但几次在书店翻阅，见篇目可爱，遂购归。读过之后，齿颊留香，包以书衣，藏之高阁，此亦董氏精品也。

《没有童谣的年代》

董桥著，陈子善编，文化艺术出版社2001年一版一印。此是作者在《苹果日报》时事小景中之专栏文章的结集。上网见有人还将其文自己装订成书收藏，遂购一册。文字仍是其一贯本色，一事一议，短小有味，学兼中西，土洋结合，小题大做，画龙点睛。用乃公话说："淡墨白描顺手装点"，类水墨之国画小品也。

《董桥序跋》

古吴轩版。董桥序跋，一如其文，短而有味，可了解作者之出书情况。"书是庭院，序是影壁。"作者之书受人喜爱，故选家蜂起，书商争印，有许多都是重复选本，反叫人不敢轻易购买矣。

《董桥文录》（毛边本）

陈子善编，四川文艺出版社1996年4月第一版。于责编龚明德先生邮购得来。知龚先生编此书，遂信中夹寄书款求购。先生寄来此书之毛边本，并附言曰："毛边只留印了一百本，现寄上一本，请补五元。见笑见笑，我之小气。毛边书，您用一把钝刀裁，不要用快刀，刀快了，裁不出毛来。这几年，我将编几部好书，《董桥文录》有一半以上文字第一次与内地读者见面，花二十六元买一本，值。"龚先生其实并不是小气，他在出版社当编辑，白送人书太多，我就受赠过他白送的香港《开卷》杂志。

《董桥散文》

浙江文艺社1998年一版四印，价二十三元，印数已达十二万，亦畅销书也，购之以备一格。

《甲申年纪事》

此为牛津大学版，以一百余元高价购于孔网，为精装本，然纸质优良，文图并美，乃文化美食也。

《白描》

牛津大学版。以百余元高价购于孔网。插图均为名家扇面小品画或花笺斗方，册页仕女，妙笔生花，精致文字，文辞典雅，繁体字竖排本使人如见古人也。

《博览一夜书》

董桥著,香港明窗出版社出版。此为其《英华浮沉录》系列之十。购于孔网。此系列内地有辽教版,未能购得全,甚以为憾。

《旧时月色》

亦为董之选本,江苏文艺出版社2004年6月一版五印。购于本县书店。县店仅进货二册,余购一册,另一册几年无人问津。小县之文化人甚少,小城知董桥者,舍我其谁也。

《这一代的事》

三联书店1992年10月一版一印。此国内较早出之董桥小文,其自序曰:"深远如哲学之天地,高华如艺术之境界。"年来追求此等造化,明知困难,竟不罢休。此作者之作文秘诀也。其书能有特殊之韵味,与其追求远大境界有关。

《小风景》

董桥著,牛津大学版,精装本,价近两百元。港版书乃贵族书,然其书品位高雅,是能对得起读者的。此书仍是作者报纸专栏"小风景"之结集。国内报纸多如牛毛,然无一家报能有此种大手笔为其作开设专栏也,所登文字皆文化垃圾;更有甚者,凶杀案例、逗笑猎奇,真乃憾事也。

《中国花文化词典》

黄山书社版。购于孔网"四月天"书店。人间四月天乃是好时节，此生喜书喜花草喜山水喜美人，困于深山，钻进书窝，拈花惹草，终难有大成矣。然花是大自然的大美所在，一花一世界，能赏花种草以陶情，也可充实苦涩之人生也。

《孙犁文集》

百花文艺出版社1981年12月一版一印，全五卷。此书为余最早购买之先生文集，曾通读三次，后为四弟取去阅读，数年后要回，已书脊散开，书页打皱。弟妹均不爱书，故也不理解余爱书之情结。假日有闲，以胶纸修补书脊，重装书衣，以作追念先生之意。先生之书，乃纸质珍宝也。

《还轩词》

从"泡泡俱乐部"下载一部书，打印装订，并购塑料夹装之，亦别致之书也。此为北京马二先生录入，网上人赞之为"无上功德"也。

《刘绍棠文集》

北京十月文艺出版社1996年2月一版一印。旌旗网以三折出售，贪便宜而购之，共有二至九卷，缺一卷及十至十二卷，当搜求配全。余曾在京见刘一面，谦谦君子，无名人之做派，其文亦朴实文字也。

《姐妹本纪》

此书为贾平凹早期著作，安徽人民出版社1997年一版一印。于孔夫子网求得，封面磨损较大，书页有水渍。一副饱经沧桑之态，特为"姐妹"再行装扮，费时一下午，小书俨然成佳人矣。

《贪官的价格》

舒展杂文集，此为"当代杂文八大家"之舒展专集，此公杂文泼辣尖锐，兼有学养，曾编《钱锺书论学文选》，曾主编《中国青年报·辣角副刊》。余喜其文风，见其书即购，已存十余种也。在旌旗网打折同购之书还有《无字》《宗璞文集》《公刘随笔》《阿难》《肖邦的右手》《虹影打伞》《欧洲洗浴文化史》《张爱玲典藏全集》《汪曾祺散文选》《金克木散文选》《万里行二记》《邵燕详诗抄》《文坛五十年》《孙犁小说名篇》《爱情笔记》《爱上浪漫》以及唐鲁孙系列等书，虽是打折书，也花去四百九十六元大洋矣。这年头读书真费。

《马骀画宝》

全三卷，上海书店1984年一版三印，印数已十余万册。亦畅销书也，购于孔夫子网。又在长治购其后出画谱《马骀画宝》一册，合成四册全璧。此为国画之入门书，黄宾虹先生曾盛赞此书。余喜黄之风格，故购而习之，以为丹青之助云尔。

《赵树理文集》

全四卷，人民文学出版社2005年一版一印。赵公文集，前已有北岳社之文集、工人社之文集，另有《三里湾》之旧精装本，喜此书亦为精装本，曾在长治见而未购。"800网"打折出售，特邮购之，连邮资并算也与原价同也，故对其书倍加珍爱也。

《梅兰竹菊作品集》

中国书画报社编，天津人美版。梅兰竹菊号为画中四君子，亦文人之雅爱。此书是天津建市六百周年书画征集作品集，以进口特种纸彩色精印，甚为华美，购之一编，以怡倦眸耳。是书收图四百四十幅，定价三百八十元。

《艾芜传》

廉正详著，北岳文艺1996年一版一印。此为余获"山西读书状元"时，社方以全套"文学传记"相赠，约十余种。独喜艾老之传奇经历，取出浏览，如入滇中道上。艾被誉为"中国的高尔基""流浪文豪"，有文集十卷行世，余只有其《南行记》和《艾芜选集》。艾芜先生这代人，其实也是被"耽误了的一代"，假使一直写他自己熟悉的滇中生活，其成就必大，但一作"遵命文学"，艺术才华即被湮灭矣。

《安徒生童话全集》

叶君健译，上海译文1989年3月第五印，全十六册。有一个文化人说:"欧美白领生活的象征是早上醒来能听到鸟儿啁啾,吃绿色食品,呼吸有花草清香的空气,打开窗户能看到青山。"读《安徒生童话全集》时照此标准看,余之"梨花村藏书楼"生涯,已俨然"白领"矣。此书读之可使童心常在也。

《梅娘小说散文选》

与孔网书友交流而得。去年到京参加读书报刊会,得见梅娘之风采,遂产生读梅之欲望,先购得《梅娘近作书简》,现又得此册。文坛虽有"南张北梅"之论,但与张比,梅的作品之数量与文品终欠一筹也。但已大不易。故近段报刊对梅之议论,也宜以宽容对之也。

《汪曾祺传》

陆建华著,江苏文艺出版社1997年1月一版一印。与孔网"浮世堂"求得。作者曾编《汪曾祺文集》七卷,故对汪掌握材料较多,此书后还附有"汪曾祺年谱"及"研究资料索引"。对汪的一生,唯平凹兄一语中的:"汪是一文狐,修炼成老精。"他的作品是真正的"中国特色,中国气派"。汪的传统底子极厚,读"沙家浜"之唱词,即可理解。

《社会毒瘤》(网格本)

于"浮世堂"求得。浮世堂主多好书,每次对余购书皆优待,可见其亦书生本色也。好书散作书生福,得此一编,夫复何求。

《雨果诗选》（网格本）

网格已购百余种，然何日能购买全耶？

《劳伦斯之女克里斯丁》

温塞特著，20世纪外国文学丛书之一种。以五十元于孔网求得。能得全套书，亦好书缘也。

《一杯沧海》

吴稼祥著，朝华出版社出版。此为哲理小语，被书商炒为"中国版《培根论人生》，当代《菜根谭》"。读其片言只语，如见零金碎玉，总有闪光之处。余幼年曾被要求背诵"毛语录"，至今见语录体文字，如见故人。读语录如品果脯，虽小吃类，滋味悠长也。

《忆明珠文集》

江苏文艺出版社2005年10月一版一印，全三卷，价八十元。邮购而得。此书早就在网上见预告，久求未果，无奈给作者汇款两百元。忆先生后又退回，说"仍未出版"。今年忽见网上有售，急汇款购二部。一部供藏，一部供读，亦弥补余多年求索艰难之憾也。忆先生诗文，有诗心，有画意，非流俗之作可比拟也。

《林斤澜说》

程绍国著，人民文学2006年12月一版一印。印数一万册。此乃北京书友孙桂升寄赠,他两次来电话谈此书,说书中有许多文坛的新材料,关于老舍,关于汪曾祺、浩然、刘绍棠等。他在扉页上题"杨栋同志惠存。孙桂升。2007年2月10日"一行小字,使人觉得书友深情,尽在不言中也。余也题曰:"2月16日浏览毕全书,亦可知许多文坛秘事,作者文笔不错,记事诚实,亦林斤澜之口述实录也。"其中写刘绍棠与浩然争当北京文联主席,尤有意味,文人亦难免功名利禄之诱惑,以二人文学成就,当"名作家"足矣,为一"主席而伤和气",太不值得。但二人之思想和作品皆受时代影响,难得有深刻之作,故虽著作等身,反不及林斤澜、汪曾祺等人有精品也。功名心重,对作家实非好兆头也。

《历代草木诗选》

中国咏物诗丛书一种,云南人民1988年12月一版一印,印数两千零五册。购于一网上书店,原价两元,购价涨十倍矣。但得此一编,可览古人对草木的人文关怀,也可养心养眼也。此丛书还有《花卉诗选》《鸟兽虫鱼诗选》,亦欲览之,有当求之。此书后有读者记一民间吉祥物"五福",是指"福禄寿喜财"。寿的谐音派生出"绶鸟",贵谐"桂花",喜谐"喜鹊",福谐"佛手""蝙蝠",禄谐"鹿"。古人连对动物、植物也赋予希望和寄托,故古人对动植物、花卉草木也有深情在焉。

跋

时值中秋，天高云淡，我的生活依然是访书、买书、读书、藏书、编书、写书，有书的日子就是快乐的日子。诗人华兹华斯说："书是纯洁美好的特殊世界，生活在其中其乐无穷。"

书楼香溢，小院秋临，手持精籍，目送归鸿。读破万卷，下笔有神；闭户深山，不羡皇城。梨花书话，云淡风轻；为爱书故，沉吟至今。世上无价宝，人间耳录经；读书明事理，开卷圣贤心。罗曼·罗兰说："一册美妙的书是一桩秘密，只应当在静寂的心头细细体会。"读书，还是静下来才能有收获的，如一味想着宝马香车、红颜玉人、高官大贾、花花世界，是不会读进去的。

我的老师孙犁先生说："一接触书，我把一切都会忘记。"读书读到忘我的境界，才是真的读书。"读书好处心先觉，立雪深时道已传。"编成此书，诚惶诚恐，我在心里用卡夫卡的话告诫自己："握笔著述，是一种祈祷。"读书，不是一阵子的事情，那是一辈子的事情。我仍将战战兢兢，孜孜以求，在书山上探索前行。